Con el diablo en el bolsillo y otros relatos

José Luis Rojas

Con el diablo en el bolsillo y otros relatos
Editado por: Mónica Soto Icaza
Portada: Carmen Arvizu
Primera Edición México, 2004
Segunda Edición México, 2012

ISBN: 9709424106
ISBN-13: 978-9709424102 (Amarillo Creatividad Editorial)

A María Elena, mi amada esposa, el ángel que unas veces en recatado silencio y otras con intempestiva pasión cuida de mi alma.

A Amparo y José Luis, mis padres, porque con su ejemplo me forjaron soñador y empeñado en sobresalir.

A Anilú, mi amiga fiel, que con su aguerrida lucha y su cariñosa insistencia me motiva a hacer cosas como esta.

A Pepe García Mata, mi mentor y amigo. Gracias por estar conmigo en las buenas y en las malas.

ÍNDICE

José Luis Rojas

PRÓLOGO DE LA PRIMERA EDICIÓN

Lector,

Con una historia verdadera, José Luis Rojas le da nombre a su primer libro: *Con el diablo en el bolsillo y otros relatos...* un recorrido por once historias, once títulos sugerentes que llevan de paseo hacia algunos de los más grandes miedos... porque con sus relatos, José Luis Rojas muestra por igual lo más monstruoso de las personas que lo más humano de los monstruos.

En este libro las palabras venganza, muerte, maldad, decepción y coraje toman dimensiones extremas envueltas en ambientes oscuros que por un lado no permiten dejar de leer, y por otro provocan temor de conocer el final... y cuando éste llega... descubres un mundo hasta ese momento desconocido, que te regocija y acongoja al mismo tiempo.

Las páginas de *Con el diablo en el bolsillo y otros relatos* transmutan en sentimientos encontrados, en letras vivas y sonidos que vuelan de su forma gráfica a tus ojos para estimular la imaginación y demostrar el ingenio que el autor plasma en cada relato.

Pero es tarea de quien lee decidir hasta dónde llegan las fronteras de sus miedos: si permanece en la penumbra de un viejo edificio o viaja a través del tiempo al pie de una pirámide prehispánica... siempre mediante una redacción impecable y un estilo inconfundible, que José Luis ha logrado con una pasión constante por la literatura y el trabajo incesante.

Este libro es su primer fruto, pues ha viajado del mundo de los sueños al de las metas alcanzadas; ha traspasado los límites de los proyectos y ahora se posa en los estantes de las bibliotecas... y alcanzará su razón de existir sólo cuando termines de leer la última página.

Te encuentras frente a una obra que transformará tu mundo... olvida tus prejuicios y navega en esta aventura con los ojos bien abiertos, que tal vez te descubras en el rostro de sus protagonistas.

La *Editorial Amarillo Creatividad* se convierte así en el segundo peldaño de una escalera gigantesca, en una madre orgullosa de Con el diablo en el bolsillo y otros relatos, porque el amor por las letras debe gritarse a los cuatro vientos, y es justamente por lo que luchamos todos los días de nuestra vida.

Bienvenido...

Mónica Soto Icaza

PRÓLOGO DE LA SEGUNDA EDICIÓN

Los relatos en este tomo fueron escritos sobre un periodo de alrededor de trece años; el mismo número de historias que aquí se incluyen. No porque sea un número cabalístico, no por alguna extraña y sombría razón, sino porque si bien la pasión de escribir siempre me ha acompañado, debo confesar que como a muchos que tenemos esta inclinación les pasa, a veces, un temor inaudito, una preocupación de generar una fuente de sustento seguro y no sujeto a las preferencias comerciales o al gusto del lector por nuestros escritos, se torna en una barrera que algunos nunca logran franquear. Así pues, a mí me llevó trece años vencer ese obstáculo y lograr cierta seguridad económica que me permitiera darme un poco de tiempo para poder publicar mi primer libro. ¿Cobarde? No lo sé, yo quisiera pensar que las cosas suceden cuando deben suceder y para cada quien existe un tiempo y lugar específico... y el mío fue cuando nació este libro.

Muchos de mis amigos y lectores de la primera edición me han preguntado el por qué llamé al libro "Con el diablo en el bolsillo y otros relatos", como imaginándose que se trata de alguna oscura historia relacionada con las drogas (hoy en día cuando traes drogas se dice que andas "Con el diablo en el bolsillo"), pero no, no se trata de eso.

Es una historia tenebrosa sí, pero tiene qué ver más bien con cuestiones sobrenaturales y es algo que me pasó de verdad en mi infancia y que por años tuve que soportar a más de un tonto incrédulo diciéndome que no era más que mi imaginación de niño. Hasta que un 26 de noviembre de 2005, durante una cena familiar, una de mis tías aportó algunos datos que parecen corroborar la historia. Es por eso, que en esta segunda edición, he agregado un epílogo al relato original explicando los sucesos de ese día.

En esta segunda edición, también he agregado dos nuevos cuentos "Como el caer de las hojas" y "Azul", ambos publicados en otras antologías de autores mexicanos y que consideré importantes para redondear el contenido de este libro ya que forman parte del mismo periodo en que terminé de escribir la primera edición pero no alcanzaron a entrar en la misma.

También debo confesar un pecado capital... Ignacio Manuel Altamirano, uno de los más grandes cuentistas mexicanos decía que lo bueno de publicar es que dejas de corregir. Pero creo que habría que decir que lo malo de cambiar de un medio impreso a uno digital, es que la tentación de corregir a la hora de ir pasando el texto al templete, es tal que no cualquiera la resiste y yo debo aceptar humildemente que no la resistí. Por lo tanto, quien haya leído la primera edición (y todavía la recuerde), se encontrará con que los relatos tienen algunos cambios menores en la redacción, palabras específicas e incluso formato. Nada malo, al contrario, las modificaciones las hice para mejorar el flujo del relato, quitar vicios de estilo y cegueras de taller de las que uno se da cuenta solamente cuando como con las pinturas, se ha alejado lo suficiente y se vuelve a acercar para descubrir las imperfecciones, pero considero que todo para mejorar.

En general, mi objetivo era lograr un conjunto de relatos que tuviera las características que considero fundamentales en una historia corta, a saber: a) Que atrape al lector desde el principio; b) Que interese al lector de tal forma que se lea en una sola sesión; c) Que tenga un final inesperado. En adición, traté de que las historias reflejaran temas que nos inquietan, ya sea el misterio de nuestra existencia, pasando por los temas clásicos como son los hombres lobo o los vampiros; así como, otros más inusuales como el relato que da el título a este volumen, y sobretodo, de usar un lenguaje que facilitara la recreación visual en la mente del lector.

Sinceramente, espero haberlo logrado y mejor aún, espero que lo disfruten.

José Luis Rojas

LA CAÍDA DE LOS DIOSES

"No sé por qué estoy escribiendo esto en estos instantes. Quizá debería estar movilizándome junto con los demás. No lo sé, tal vez sea la obligación moral que siento de ser cronista de los últimos momentos de nuestra raza, no sé para quién o para qué, pero mi pluma se sigue deslizando sobre las hojas, ansiosa de dejar el trágico testimonio de estos hechos.

Ellos nos pisan los talones y aunque aguerridos hasta el último aliento, nuestros últimos soldados pronto sucumbirán... a lo lejos de nuestro bastión se vislumbran los fantasmas de las explosiones de las últimas bombas atómicas rociándolos como mortal pesticida, pero nada los puede detener, semejan una marabunta de hormigas destruyendo todo a su paso.

Parece que ya no hay esperanza para nosotros.

¿Dónde han quedado Yahvé, Alá o cualquiera de los dioses? ¿Por qué ninguno ha respondido a nuestras plegarias? ¿Acaso nos han olvidado? ¡¿Es que todo era mentira?!

La humanidad está siendo devastada, no con sus misiles, ni con sus bombas; no es una gran guerra por conflictos políticos, económicos o religiosos; no es ninguna epidemia.

A decir verdad, estábamos tan absortos en la idea de ser los amos y señores de la creación, que no vimos la amenaza externa sino hasta que se cernió sobre nosotros.

Escuchábamos de abducciones, de avistamientos de ovnis y de fenómenos extraños cada vez más frecuentes y sospechosos. La gente estaba muy asustada. Los religiosos lo veían como manifestaciones del Apocalipsis; los medios no dejaban de darle el tinte sensacionalista de que estábamos siendo invadidos por alienígenas; y por supuesto, el gobierno no dejaba de desacreditar a unos y otros. Y ahora que lo pienso, tal vez esa confusión y ese afán de negar lo que estaba sucediendo fue lo que ultimadamente nos impidió reaccionar a tiempo cuando sobrevino la hecatombe.

Durante todos estos años, lo único que ellos habían estado haciendo era fraguar nuestra caída, manipulándonos genéticamente y con implantes telecontroladores, para que cuando llegara el momento oportuno, la conquista estuviera asegurada con el menor esfuerzo y la sangre mínima requerida, la nuestra.

Simplemente y sin mayor preámbulo, una noche nos hicieron saber sus intenciones. En algún lugar del infinito, una señal activó los implantes y repentinamente, quienes creíamos amigos o hermanos se tornaron contra nosotros y nos apuñalaban o nos disparaban a traición.

Al principio, era imposible saber quiénes los tenían y aunque nunca logramos identificarlos del todo, eventualmente desarrollamos pulsos electromagnéticos para detenerlos. Sin embargo, a pesar de los métodos masivos para desactivarlos, acabaron con más de la tercera parte de la humanidad.

Entonces sobrevino el hambre y la sed. Envenenaron nuestras principales fuentes de alimento y agua, diezmándonos aún más. Esto duró poco más de un mes, hasta que descubrimos los antídotos, y hasta que aparecieron en el cielo los gigantescos poliedros en los que transportaban sus mortíferas armas.

Sus naves escanearon cada centímetro de las ciudades, lanzando rayos trazadores que marcaban únicamente los puntos donde había seres humanos y luego, dejando caer las bombas de destrucción selectiva, unos dispositivos diseñados para acabar sólo con la plaga humana, conservando intactas las construcciones.

Fue entonces cuando se descubrió la gran mentira.

Roswell era cierto, como también lo eran los incidentes de captura de alienígenas y de tecnología extraterrestre en Brasil y en otras partes del mundo. Todo este tiempo los gobiernos que habían hecho las capturas, trabajaron secretamente en el desarrollo de tecnologías de guerra basándose en los restos de naves cuya existencia fue negada siempre y ahora, ante la inminente catástrofe, se arrepentían de no haberlas hecho públicas, pues no lograron generar una masa crítica suficiente para enfrentar a los invasores.

Aún así, contraatacamos con lo que teníamos, y lo hicimos con tanta furia, con la desesperación de un animal herido, que no quedó duda de que haríamos lo que fuera por sobrevivir. Nuestros misiles surcaron los aires en pos del enemigo, pero como sus naves eran muy rápidas y los esquivaban sin dificultad, aprendimos a lanzarlos y detonarlos estratégicamente para crear una onda nuclear expansiva y barrer los poliedros del cielo. Claro que ésto vino con un costo muy alto. Las ondas envenenaron gran parte de la atmósfera y en muchos casos, no sólo arrasaban con lo que había en el cielo, sino con lo que había debajo también.

Logramos capturar algunas de sus naves, derribándolas con armas producto de nuestro conocimiento de las estudiadas en Roswell, y les hicimos ingeniería inversa para encontrar debilidades.

Era impresionante contemplar a la humanidad por primera vez unida sin pensar en religiones, razas, sexos o ideología alguna. En unas cuantas semanas adaptamos los aviones caza, barcos, submarinos y otras armas con nuevas funcionalidades y equipos; las computadoras fueron escaladas a velocidades nunca vistas aumentando la capacidad de respuesta a los ataques; y sistemas de defensa satelital que se suponía nunca habían funcionado, de pronto, vieron iluminarse sus paneles de control y sus cañones láser se activaron en modo de ataque.

Aunque las embestidas enemigas se detuvieron momentáneamente cuando destruimos los poliedros, esto sólo agravó la situación pues dio lugar a la venida de la plaga de "ugraikts", mejor conocidos como los "chupacabras", una especie de humanoides de corta estatura con agilidad y fuerza descomunales y la apariencia de demonios de pesadilla. Su furia y su sed de sangre eran incontrolables y atacaban por igual a la gente que a los animales, desagarrándolos hasta matarlos.

Entre ellos y los "transgénicos", humanos manipulados genéticamente con ADN extraterrestre, empezaron una nueva cruzada de aniquilación en tierra, al tiempo que el cielo se poblaba nuevamente con otra amenaza, las naves araña.

Las gigantescas naves desplegaron millares de "crías", tan venenosas como las madres. Nuestros cazas se enfrascaron en terribles peleas de perros con ellas, pero su velocidad poco a poco se impuso y finalmente, nos fueron menguando.

Las naves araña continuaron con su labor de destrucción selectiva, aplastando la resistencia en cada una de las capitales estratégicas del mundo, y cuando lo juzgaron apropiado, arrojaron las naves de transporte de personal armado. Fue entonces cuando la verdadera batalla en tierra empezó. Ejército contra ejército, mano a mano. Pero contrario a lo que se piense, no corrió sangre, los alienígenas tenían armas paralizadoras y desintegradores que carbonizaban y hacían cenizas el blanco.

Los satélites de la guerra de las galaxias y los sistemas rusos de defensa fueron destruidos también con andanadas de radiación que los carbonizó en el espacio. No hubo más remedio que utilizar las bombas atómicas, pero poco a poco fuimos escuchando en las noticias sobre la caída de países enteros como Francia, Inglaterra, España, Portugal, México, Irán, y otros, hasta que ya no se escuchó nada.

Los remanentes humanos se agruparon en las selvas el Amazonas y en los desiertos montañosos, pero aún así nos persiguieron y nos acorralaron en donde estamos ahora, al pie del monte Calvario, lugar en el que hace miles de años murió Nuestro Señor Jesucristo.

Hemos llegado aquí guiados por nuestra mucha o poca fe. Rogando a Dios que nos escuche y nos salve de esta pesadilla. Pidiendo que no sea esta una falacia más.

Habemos aquí gente de todas las razas y religiones, unos cuantos negros, blancos, mestizos, amarillos, católicos, budistas, musulmanes, protestantes, todos unidos, rezando; protegidos por el último remanente de nuestras fuerzas armadas. ¡Dios, escúchanos!

Aunque cada vez se escuchan más cerca los dispa...” – la pluma cayó al suelo, una bomba selectiva barrió al cronista, dejando en su lugar solamente un puñado de hojas quemadas esparciéndose al viento.

La multitud de soldados corría de un lado a otro entre las rocas agazapándose para surgir de nuevo escupiendo ráfagas de ametralladoras o de impulsoras de plasma.

Los pequeños humanoides avanzaban a paso uniforme y constante, sin inmutarse por las pérdidas, con sus armas escupiendo haces de luz violácea. A lo lejos, poco a poco se dejaban de oír las explosiones, presagiando el ocaso de una raza completa y la caída de un imperio.

Las crías araña dejaron de surcar los aires y asumieron una posición estática en el cielo, alrededor del monte Calvario.

Las naves madre también se detuvieron. Los soldados extraterrestres siguieron la labor de limpieza en el terreno, aniquilando a los últimos soldados, pero al llegar a la cima del monte, inexplicablemente se detuvieron.

El que parecía ser el comandante de la fuerza alienígena se adelantó y contempló la escena. Ahí, había exactamente ciento cuarenta y cuatro mil personas postradas de rodillas, desarmadas, envueltas en túnicas blancas, rezando devotamente en sus propios idiomas.

Una voz resonó en un comunicador. Alguien en la nave madre dio la instrucción de acabar con todos. El humanoide protestó enérgicamente, pero el mandato se volvió a escuchar. Volteó hacia sus soldados. Los miró vacilante, ellos también dudaron un instante, pero se tornaron hacia los humanos y accionaron sus desintegradores.

Una nube de luz cubrió a las personas, pero no era la luz violeta de los desintegradores, era algo más, un campo protector de energía que impidió su muerte.

Los extraterrestres se miraron unos a otros desconcertados. La gente miró al cielo, y las nubes se abrieron entre truenos y relámpagos. "¡Milagro! ¡Milagro!", gritaron muchos con sus semblantes iluminados de felicidad.

Varias siluetas se materializaron alrededor de los humanos y sin dar tiempo a los humanoides, dispararon una onda magnética que los hizo añicos.

Los humanos se quedaron atónitos ante la súbita aparición y la explosión subsecuente.

–¿Quién es el líder? – Preguntó el que parecía ser el jefe de los recién llegados.

- Soy yo – contestó un hombre de aproximadamente cincuenta años, con el cuerpo tieso y la cara poblada de cicatrices. - ¿Quiénes son ustedes?

- Somos humanos, como ustedes, dejamos este mundo hace miles de años, cuando la gran catástrofe de Atlantis, pero algunos quedaron abandonados aquí y hemos vuelto. Debemos irnos, aún hay una batalla que librar con los Kaits.

El líder dio una señal y otro campo de energía cubrió la gente y la desmaterializó para luego reconstituirla en el interior de la nave de sus salvadores. Entonces, en materia de segundos, una ola de energía barrió los cielos y las naves araña y sus crías estallaron y los cuerpos de los soldados humanoides quedaron hechos cenizas sobre la superficie del planeta.

Arriba, en la nave, el líder de la partida de rescate oprimió un botón en su pulsera y su cara se convirtió en la imagen de un ser grotesco con facciones indescriptibles.

- No entiendo. – Se dirigió al que parecía ser el almirante de la nave. - ¿Para qué queremos a los humanos? Ya tenemos el botín, acabemos con ellos.

- Es algo histórico y sentimental a la vez, si quieres verlo así. – Contestó el almirante. – Cuando construimos Atlantis, Tula, Teotihuacán, Giza y otras ciudades, usamos a los humanos como esclavos. Ahora digamos que volvió el amo y necesita sirvientes. Asegúrate que los Kaits y sus mascotas sean eliminados totalmente y luego envía a los humanos a limpiar y reconstruir todo para nosotros.

LA ESPERA

-      "Si no se hubiera roto el cordón umbilical".

Cuarenta y cinco minutos. Bueno, supongo que no queda más que resignarse y esperar a que llegue el momento del encuentro. Sin embargo, tengo que admitir que me gustaría que el tiempo fuera más corto. Nunca he tenido la paciencia para esperar por algo o alguien más de quince minutos. Me trastorna.

Es curioso, acabo de percatarme que después de una docena de misiones en el espacio aún no había reparado en la sensación que produce mirar fijamente hacia el vasto y azul vacío. No, sí me había fijado, lo que pasa es que la costumbre... el caso es que ahí lo tienes, oscuridad, sólo oscuridad, pero lo suficientemente claro para no perder detalle de las cosas. Miras hacia un lado y puedes vislumbrar a lo lejos un espectacular disco platinado, la Luna; te esfuerzas un poco más y puedes ver alguna estrella cercana, quizá Alfa Centauri. Miras hacia otro lado y alcanzas a percibir el destello amarillento de Júpiter, el gigante, el dios; más allá, una nube de estrellas, algunas destellando como pulsares extintos hace muchos eones.

Pero por más que te esfuerces no lograrás ver mucho, porque siempre avanzas y cuando llegas a lo que crees el final, a los límites del universo, te das cuenta del sempiterno significado de la palabra "infinito": algo que nunca acaba, o que siempre empieza. Como lo quieras ver el sentimiento es exactamente el mismo, le agregarás algo de filosofía al asunto y dirás que estás en un nuevo inicio, en el umbral de un nuevo camino, mas volvemos a lo hablado, la cosa sigue inflexible a la manera como te la tomes. La tela está lista para cortar y cortes lo que cortes, no se terminará jamás.

Treinta minutos. ¿A quién diablos se le habrá ocurrido inventar minutos de sesenta segundos?

Recuerdo mi primera misión, estaba nervioso, muy nervioso. Sólo las palabras de Jack me tranquilizaron. "No te asustes, Mickey. Lo difícil es deshacerte de las cosas que te limitan. Deshazte de la Tierra y verás, ábrete a las cosas grandes, búscalas y olvídate de lo que pueda pasar pues no ocurrirá nada. El transbordador no fallará, nunca ha fallado y no lo hará hoy; tu temor está en lo que conocerás, no en la nave, pero calma, ésto es un juego de niños.", me dijo. Y aunque dos meses después murió carbonizado víctima de un desperfecto en su podo extravehicular, tenía razón.

Nos creemos tan poderosos ahí adentro de nuestra ostra azul, que para nosotros mismos somos los reyes de la Creación, pero cuando se está aquí afuera y se contempla el panorama desde otra perspectiva, el miedo no se hace esperar. Te das cuenta del absurdo e irónico antropocentrismo en el que has vivido y ves con brutal crudeza que no somos más que uno de los muchos electrones girando alrededor del núcleo atómico, un ápice de material en la multigloriosa construcción universal.

El ser humano no es grande sino cuando se compara consigo mismo. Para otros, tal vez una bacteria es aún mayor que nuestro Sistema Solar y es allí donde está el meollo.

Los que estamos conscientes de eso tememos salir y ver la verdad con nuestros propios ojos, pero luego, tras el primer paso ya nada es igual. Sabes quién eres y lo que hay afuera. Pese a tu ínfima escala te sientes atrapado en tu planeta, buscas las cosas grandes y piensas en regresar a este lugar, en ser libre.

Quince minutos. Me estoy desesperando. Ya me cansé de estar flotando como idiota, sin hacer nada. Lo dije, me purgan las esperas largas.

Cada vez me siento más lejos de la nave. Sus letras y números apenas se distinguen: GAMOW ...1...3...9...8. Es un hermoso transbordador-cápsula, de lo mejor que se ha hecho últimamente en términos de ingeniería aeroespacial. Es bastante compacto e incómodo, pero su sistema de cohetes orientables acaba con muchas de las limitaciones de los antiguos; además, es extremadamente económico en misiones de un solo hombre para las que un transbordador convencional sería demasiado.

Su diseño se encargó a la McDonell Douglas, y vaya que hicieron una belleza, pero en lo que no pensaron jamás, fue en un traje más apropiado para estar en él.

Cuando se está sentado en posición normal, los conductos termorreguladores chocan contra el brazo de la silla de mandos, presionan contra las partes blandas del estómago y causan un dolor que aunque ligero, es muy molesto. En fin, con todo sigue siendo lo ideal para este tipo de trabajo. Algo así como su computador portátil mental que lo saca a uno de cualquier apuro. Bueno, casi.

Quiero darme vuelta, estoy de espaldas a la Tierra. Imposible, algo anda mal con el sistema de torsión de mi traje y no puedo hacer la maniobra. A maldita hora tenía que fallar. Ahora no podré ni siquiera verla mientras espero.

Cinco minutos. Está tardando demasiado y no sé si podré mantener el nervio frío. Nunca creí que tan poco tiempo me fuera a parecer tan... largo ¿Ancho? ¿Será el tiempo largo o ancho? Bah. ¿A quién le interesa? Lo importante es que el instante esperado está por llegar.

Me siento como un tonto aquí. No puedo hacer nada sino pensar o hablar conmigo mismo. Qué dramática es la sensación de impotencia, por más que tratas no vas a ningún lado, no arreglas nada. Dicen que si la montaña no va a Mahoma, Mahoma va a la montaña; pero esto es otra cosa, trae consigo ciertas implicaciones. En este caso uno no puede ir, tiene que aguardar el momento.

Leí varias veces el manual: "La pija de sujeción se introduce por el extremo A del borde en delta y luego la argolla se fija a la armella colocada en la base magnética, de tal forma que el cordón umbilical quede sujeto a ésta por dos mecanismos, uno mecánico y otro electromagnético". Pero no decía nada respecto a lo que se tendría que hacer en caso de que el cordón estuviera defectuoso, y eso me consta. En cada misión he memorizado hasta el último detalle de los manuales, los conozco mejor que a mí mismo y sé que nunca nadie se ha preocupado en poner al menos un cortés: "En caso de romperse el cordón umbilical, rece por su alma".

Dos minutos. Al menos ya puedo sentirme feliz, esta espera estúpida está por terminar.

Siempre la he imaginado llegar e incluso en alguna que otra ocasión estuve a punto de encontrarme con ella, pero no sé por qué no nos reunimos. Lo que es seguro es que siempre llega a estos encuentros de emergencia, no importa si está en el confín de las estrellas o en algún otro sitio, y qué bueno, ahora si he llegado al borde de la desesperación.

Tengo algo de sueño. Lo que faltaba, a punto de que arribe y me quedo dormido ¡Esto sí sería el colmo!

Creo que ya la siento a mis espaldas. No puedo girarme para verla frente a frente debido a la falla en mi traje, pero me imagino cómo es.

Inmaculadamente blanca, majestuosa, avanzando por el espacio igual que un cisne sobre el agua. Por Dios, ojalá sea ella, no aguanto más.

Sí, ya está aquí. El sueño me domina, casi no puedo pensar, me falta el aire, siento como que me asfixio. No hay duda, es ella, siempre puntual, siempre segura... la muerte ha llegado.

-    "¡Oh. Si no se hubiera roto el cordón umbilical!"

MUBA

Sus manos se movían con rapidez sobre el tablero luminoso. Dentro de su casco, la pantalla interna mostraba en un cuadrante la lectura telemétrica y un pequeño radar transmitiendo una serie de breves pulsaciones que poco a poco se hacían más intensas.

La adrenalina comenzó a fluir por su sistema. Sentía la sangre agolpándose en su nuca, pero a pesar de la expectación de la caza, sus recuerdos hacían que la rabia aflorara por sus ojos convertida en amargas lágrimas.

Se enjugó los ojos al tiempo que un rictus le deformaba la boca.

"No puedo derrumbarme en este instante", se dijo, y gradualmente, su férreo entrenamiento se impuso sobre las emociones y su mirada volvió a reflejar la frialdad del espía y asesino perfecto.

Por varios años había perseguido y destruido a los traficantes de las naves invisibles y, al fin, estaba a alcance suficiente para colocar un dispositivo rastreador en la última gran nave productora de Muba.

Lo demás sería historia, un enjambre de cazas de la armada interplanetaria caería sobre ella y acabaría con la amenaza de la Muba para siempre. Sin duda un plan poco glamoroso, pero eficaz y simple.

¿Simple? Eso si Riker pensara seguirlo, pero la ira y el dolor en su corazón lo habían resuelto a no hacerlo así.

Hacía mucho tiempo que la memoria de la trágica muerte de su hijo era lo que lo movía. Aún podía recordar con amargura al pequeño Zach de apenas doce años. La noche de la fiesta escolar; el timbre del intercomunicador; el cuerpo sin sentido al pie de la entrada; el deslizador alejándose en medio de la noche y, luego, el terrible descubrimiento. En un lapso de tres días el niño se había desmayado varias veces y exhibía severos síntomas de mareo y desorientación.

Riker y su esposa Helena lo llevaron a un hospital de nutriología, esperando que no fuese más que uno de esos casos de mala alimentación tan comunes entre los adolescentes, pero la noticia que recibieron fue devastadora: Zach era adicto a la Muba.

Dos semanas más tarde murió y, la misma noche, su madre amorosa y dedicada no resistió la pérdida y se suicidó.

Destrozado, Riker juró no descansar hasta acabar con todos los traficantes del universo.

Muba era una droga de muy alta potencia, conocida como "Nirvana", provocaba una sensación de haber alcanzado la satisfacción total, la ausencia del deseo.

Una sola dosis creaba una adicción incontenible y, al cabo de unas más, el cerebro se tornaba en una gelatina informe, degenerándose hasta que toda función relacionada con los sentidos cesaba, sumiendo al individuo en un estado similar al de un feto en el limbo amniótico. Luego, seguía la suspensión del metabolismo, la piel y los demás órganos empezaban a descomponerse en vida y sobrevenía un violento espasmo que culminaba con la muerte.

Se aproximó hacia la gigantesca mole de metal.

Era un momento crucial, pues aún cuando su orbitador fuese indetectable por los dispositivos de rastreo, una vez que se encontrara en rango visual podrían captarlo.

Se las arregló para colocarse cerca de los reactores de la nave y activó un tractorrayo que lentamente lo atrajo hacia una escotilla. El sistema inhibidor del orbitador bloqueó los sensores de contacto y las alarmas de intrusión en cuanto se acopló a ella. Al instante, una serie de membranas de tecnología genética híbrida se esparcieron sobre la pared de la misma, absorbiendo y descifrando los códigos de seguridad. La escotilla se abrió y, de pronto, Riker estuvo dentro.

Miró hacia el final del pasillo. Suspiró profundamente.

Era difícil controlar el dolor y concentrarse en su objetivo, pero tenía que lograrlo. Pensaba que le debía a su hijo y a su esposa el hacer el trabajo él mismo, aunque no así Aldrin, su compañero, a quien casi le da un infarto cuando le contó su descabellado plan de ir tras los traficantes. Pero, al fin y al cabo, era su mejor amigo y aceptó cubrirlo sin decirle nada a nadie.

Repasó mentalmente el plan y los esquemas de la nave. Generaría un pulso electromagnético que bloqueara todos los sistemas por diez minutos, el tiempo apenas preciso para llegar a los generadores nucleares, colocar cargas explosivas y salir de ahí a toda prisa.

El pulso desactivaría también cualquier arma de componentes electrónicos, así que el único arsenal con que contaría estaba basado en armas mecánicas: explosivos, un par de pistolas Glock, dos ametralladoras Uzi, algunas microgranadas, una bomba de humo, un cuchillo en cada bota y otros más estratégicamente colocados por todo el cuerpo. Era muy posible que la explosión lo alcanzara en la huida, pero asumía el riesgo.

Diez minutos. Presionó el botón del pulso y empezó el espectáculo. En el centro de mandos todos se desconcertaron cuando la onda magnética inutilizó los equipos y dejándolos en penumbra. Por unos instantes hubo un silencio absoluto, unos y otros se miraban como si la película se hubiera detenido. Luego, caos total, gritos, órdenes y gente corriendo de un lado a otro.

Nueve minutos. Riker se estaba abriendo paso con las microgranadas, pero tardaba más de lo que esperaba pues había algunas puertas reforzadas y las cargas no les hacían mella. Cada puerta sin abrir lo alejaba más del objetivo y lo exponía a más riesgos. De hecho, su presencia había sido notada ya por dos guardias que se arrojaron sobre él, pero su codo derecho contra el mentón de uno, al tiempo que su cuchillo desgarraba el abdomen del otro, los neutralizaron. No paró a contemplar su obra, no había tiempo que perder. Siguió su camino hacia el almacén que conectaba con el elevador de carga. Si conseguía llegar a éste podría usar el hueco del cubo para colocarse a sólo un nivel de distancia del reactor y estaría de nuevo en curso con su plan.

Ocho minutos. Al hacer estallar la puerta del almacén, se encontró con tres hombres armados. Riker no les dio tiempo de atacarlo, simplemente los acribilló con una de las Uzi. Tiró el arma vacía, cruzó el almacén hasta el acceso al elevador, voló la puerta con un pequeño proyectil y se asomó hacia arriba. "Perfecto", pensó. El elevador estaba en el nivel inferior cuando inició el pulso, así que nada bloqueaba su camino. Sacó una pistola con un gancho. Disparó hacia el techo. Se enganchó el cable y activó la polea. Su cuerpo subió vertiginosamente y llegó a la puerta del nivel del puente de mando.

Siete minutos. La situación era muy difícil. Para llegar a su destino debía atravesar las secciones Alfa y Delta; luego, lo más peligroso, cruzar el puente de mando, donde seguramente tendría un ejército detrás; después, bajar de allí al cuarto de máquinas y, finalmente, regresar a la sala de reactores. Hizo estallar la puerta. La explosión dejó sordos y desconcertados a los guardias en el pasillo, lo que Riker aprovechó para desengancharse y rociarlos con el fuego de la segunda Uzi, mientras corría velozmente hacia la siguiente sección. A su paso dejó varios cuerpos inertes. Al final del pasillo arrojó la Uzi vacía y empuñó las pistolas automáticas.

Seis minutos. La sección Alfa. Allí había tres comandos entrenados y armados como él, pero no los vio. Cuando cruzó el umbral recibió una patada en el abdomen. Sofocado se dobló y soltó una de las Glock. Una mano lo asió del brazo que sostenía la otra arma y se lo dobló hasta que también la soltó. Sentía que se le rompería si no hacía algo rápido, pero le faltaba el aire. Por el rabillo del ojo captó dos siluetas más acercándose. El hombre que lo atacaba descargó un feroz golpe sobre su nuca con una filosa cuchilla, pero aunque Riker emitió un chillido gutural, la hoja no penetró. Hacía años le habían colocado una placa de plastiacero a causa de un accidente en una misión. Por fin se zafó, le lanzó una ráfaga de golpes y luego le clavó su propia cuchilla en el cuello. Casi simultáneamente, derribó a los otros dos comandos. Tomó un arma y disparó a uno en la frente. El otro lo invitó a pelear cuerpo a cuerpo. "No hay tiempo", se dijo. Le disparó, recogió la Glock y siguió corriendo.

Cinco minutos. Sección Delta. Esta vez no corrió riesgos, entró disparando en todas direcciones. Del techo un hombre cayó sobre él, lo esquivó rodando sobre el piso y se puso en pie como gato. Hubo un fugaz intercambio de patadas y bloqueos, pero Riker lo derribó y fríamente lo degolló. Miró a su alrededor y contempló cinco cuerpos tirados. No pudo evitar un estremecimiento momentáneo ante la ironía de que, para salvar vidas, primero debía acabar con muchas otras. Tomó un par de ametralladoras y continuó.

Cuatro minutos. El pasillo al puente de mando se ofrecía solitario y oscuro, casi tétrico, pero tenía su lógica, nadie sabía que él iba hacia allá. Cortó cartucho y al llegar a la puerta, ésta se abrió repentinamente. Riker quiso esconderse, pero no había recovecos y acabó cayendo de espaldas. Calma total. Se incorporó, las armas al frente, avanzó lentamente. En el puente había una figura inmóvil.

"Lo siento", dijo una voz familiar. La silueta lo miró a la cara. Riker se quedó atónito. "Te pedí que no lo hicieras, pero siempre fuiste un estúpido arrogante y necio. Ahora eras tú o yo", espetó Aldrin.

El semblante de Riker se encendió y, sin más, apretó el gatillo de las automáticas. Se escuchó un estallido. Su cara perdió el rigor, transformándose en una mueca de asombro y de dolor. Lo último que vio fueron sus entrañas proyectándose en todas direcciones, envueltas en una nube de fuego de una impulsora disparada por detrás. Su cuerpo cayó de rodillas y se dobló hacia atrás, con los ojos y la boca abiertos mirando hacia el infinito espacial.

"Eras tú o yo", repitió Aldrin en tono sarcástico, tratando de limpiarse la sangre que le había salpicado la cara. La mancha desapareció, pero la sangre siguió allí.

EL DESPERTAR DE LA BESTIA

Primero llegó la Luna, y la Luna vino acompañada de un momentáneo conflicto de la razón.

Luego, poco a poco, fue haciéndose consciente de lo que estaba pasando. Leve, vaga, muy vagamente pudo recordar al jinete negro invitándolo a beber de su sangre.

Bebe, - dijo con una voz profunda que penetró hasta lo más profundo de su alma - éste es nuestro pacto. Por el día yo te serviré, y por la noche...

De súbito, todo a su alrededor se tiñó de grana y en su cerebro se agolparon marejadas de carne y sangre danzando grotescamente al compás de execrables llamas también de sangre. Entonces, empezó a vislumbrar extraños vellos surgiendo de sus poros que se dilataban dolorosamente. Sintió como si algún monstruoso ser lo tomara por los pies y por las manos, estirándolo hasta desencajar cada uno de sus huesos y vértebras e hinchándolo hasta hacerlo explotar en mil pedazos.

Un bestial aullido de agonía rasgó la noche; era un alarido agudo como el puñal del cazador, y eterno y ardiente como el fuego del día del juicio, flagelador de la conciencia. Pero no era de agonía; era de dolor sí, pero placentero, lujurioso, gratificante. En una simple y llana palabra, era el mal naciendo, no, naciendo no, transformándose, manifestándose en un crescendo voraz y devastador del hombre. Y finalmente, la pena se había ido con el ser humano. Solamente estaba él, gruñendo y babeando, sediento de sangre y ansioso de carne.

Sus perversos ojillos amarillos percibieron la blanca figura de un hombre penetrando en el interior de un edificio cuya puerta estaba custodiada por dos gigantescos ángeles esculpidos en piedra. Por un instante, algo lo detuvo, pero otra fuerza aún más poderosa lo impulsó a cruzar la calle. En un par de ágiles saltos, entró en la construcción.

Allí, frente a él estaba la inmaculadamente blanca silueta del sacerdote, arrodillado ante una divina cruz de bronce, dándole la espalda. Pudo sentir una corriente de algo sagrado y limpio que lo incomodó. Sin embargo, todo su ser vibraba y se revolvía en un mar de diabólicos impulsos que le erizaban cada uno de los pelos de su ignominiosa naturaleza. Gruñó ferozmente. El hombre se incorporó sobresaltado y al verlo, su cara se descompuso en una mueca de sobrecogedor terror y quedó paralizado de miedo.

El monstruo avanzó lentamente hasta estar a un paso de distancia. Se miraron, uno con la sanguinaria mirada del cazador ávido de la presa, y el otro con el gesto resignado de quien se sabe muerto de antemano.

Un hocico maloliente con decenas de colmillos babeantes y un par de afiladas garras acercándose a la garganta del hombre indicaron la víspera de la muerte.

- ¿Ho...hominis? - alcanzó a balbucear el hombre en un quebrado Latín.

- ¡Lupus! - bramó el último remanente humano del ser y una cabeza voló por los aires manchando el blanco hábito con el escarlata de la sangre.

SUCEDIÓ UNA NOCHE

Esa noche...

La turbia y fría gota de agua temblaba al borde del oxidado tubo de metal. Ir, venir, caer, no caer, cayó.

Manuel sintió como si mil campanas repicaran al unísono sacándolo de su letargo. Su cara estaba mojada, una gota de agua lo había despertado de súbito.

Torpemente se puso en pie, las manos directo a la nuca, aún estaba aturdido por los golpes que había recibido.

Horas atrás, él y su amigo Jaime se habían introducido en las instalaciones de la escuela. Buscaban penetrar en la red escolar y violar el sistema de calificaciones con el fin de manipular sus notas anuales, de lo contrario, no lograrían el pase para el siguiente curso.

Atravesaron sigilosamente los pasillos, cuidando de no ser sorprendidos por don Juanito, el velador de la secundaria, pero cuando llegaron a la zona de laboratorios, se toparon con que las puertas de acceso al centro de cómputo estaban bajo llave y ninguno de los dos traía consigo algún tipo de herramienta para abrirlas.

Ante el inconveniente, los muchachos se separaron para buscar en los laboratorios algo con lo que pudieran ayudarse a entrar.

Jaime se dirigió hacia el extremo norte del pasillo, a los salones de clase, mientras que Manuel se dirigió al extremo opuesto buscando dentro de los laboratorios.

Al poco tiempo, un sonido dentro del laboratorio que Manuel acababa de abandonar hizo retumbar las paredes, sobresaltándolo.

Desconcertado, Manuel regresó sigiloso hacia el salón, atento a no ser visto. Al acercarse, percibió un nuevo olor, acre y extraño, que confundió con el aroma de algún reactivo químico. Se asomó por la ventana circular de la puerta pero no pudo ver nada; la empujó levemente para evitar que rechinara y, de un ágil salto estuvo dentro.

A unos cuantos pasos, el cuerpo inerte de Jaime colgaba de la lámpara, abierto en canal, con un espeso hilo de sangre escurriendo por sus zapatos y con una especie de animal a sus pies, hartándose en ella.

Manuel se quedó tan frío, que no se percató cuando tiró un matraz y el animal se tornó hacía él con la mirada furiosa, batiendo la lengua entre un par de colmillos que babeaban rabiosamente. Pero nada podría nunca haberlo preparado para lo que vino después…

La criatura no era un animal, ¡era el profesor de Física!

El profesor profirió una maldición y se abalanzó sobre él. Al verlo, Manuel recobró la cordura casi instantáneamente.

Su amigo estaba muerto, pero si no salía de ahí, lo estaría él también. Apenas alcanzó a esquivar a su atacante, azotando la puerta en su nariz y trató de salir de la escuela a toda prisa. Corrió a lo largo de lo que sentía como miles y miles de pasillos, a cuanto daban sus piernas, con el corazón a punto de estallar en pedazos, oyendo la terrible risotada de la bestia a sus espaldas. Sentía en su interior el impulso del miedo acrecentándose y convirtiéndose en un ansia suicida de enfrentar el peligro con lo que tuviera a su alcance para así lograr un poco de tiempo que le diera ventaja sobre el profesor.

Al dar vuelta en una esquina se encontró frente a un pesado extintor y, aprovechando la leve delantera que había sacado a su perseguidor, lo descolgó y le quitó el seguro.

Cuando el asesino dio vuelta al pasillo, no esperaba una ráfaga de gas carbónico que Manuel dirigió sobre su cara. Se escuchó un chillido gutural y el maestro cayó al suelo retorciéndose frenéticamente. Manuel no pensó dos veces lo que iba a hacer, alzó lo más alto que pudo el extintor y lo golpeó con gran fuerza en la cabeza. Un sonido seco y una mancha de sangre, sesos y purulencia esparciéndose por el piso le indicaron que ya no tendría que correr más. La causa de su miedo estaba muerta.

Dejó caer el extintor al suelo y a punto de regresar hacia el salón donde estaba el cadáver de Jaime, una mano nudosa y ensangrentada lo asió por el brazo y levantándolo en vilo, lo lanzó contra la pared del corredor. Manuel, sofocado por el impacto, apenas pudo ver cómo el profesor, sangrando copiosamente de la cabeza, se arrojaba sobre su garganta.

Intentó incorporarse y repeler el ataque, pero el tremendo golpe lo había dejado casi conmocionado. Aún así, consiguió extraer de su interior la suficiente fuerza para propinar una patada en el pecho de su oponente. El vampiro se dobló de dolor, para luego caer de espaldas víctima de un gancho que Manuel le disparó a la cara.

El muchacho echó a correr nuevamente, esta vez hacia la puerta de salida de la escuela, profiriendo a gritos el nombre de Juanito, el velador. Pero Juanito no podía ayudarlo, yacía tirado en el suelo, con su pistola en mano y un hoyo en la sien izquierda por el que asomaba su masa cerebral.

El candado estaba puesto y las llaves no se veían por ningún lado. Se escuchó un estallido al romperse los vidrios de la recepción de la escuela. Manuel entendió que no tenía mayor opción que rendirse a la muerte o vender cara su vida. Y como siempre había sido un guerrero, pero más allá de eso, un sobreviviente, tomó el arma de la mano del vigilante y disparó contra el candado del portón.

Lucharía hasta vencer o morir, pero donde tuviera más oportunidades de triunfar... en la calle.

La oscuridad de la noche sin luna convirtió a Manuel en una especie de vengador nocturno. Su carrera por sobrevivir lo llevó de un lado a otro de la ciudad, escondiéndose de la bestia, preparando la emboscada para terminar con ella.

Cruzó una sombría plazoleta, apretando fuerte la pistola en su mano, mirando de vez en cuando hacia el cielo para prevenir que su enemigo cayese sobre él. En su mente revoloteaba el pensamiento de que el maestro era un asesino, que bebía sangre y que tenía una fuerza sobrehumana, mas ignoraba si, como los vampiros, podría volar.

Manuel recogió una piedra del suelo y la sopesó en su mano. Dobló en una esquina, y de pronto, una andanada de golpes y patadas lo derribó poniéndolo a soñar. En cuestión de instantes, una banda de delincuentes lo asaltó quitándole el arma, su chamarra, su dinero y lo dejaron tirado bajo un oxidado y mohoso tubo de desagüe.

Había pasado cerca de hora y media inconsciente desde su encuentro con los pandilleros, cuando una gota de agua lo despertó aturdido y desarmado.

Se sobó la nuca. Poco a poco la visibilidad regresó a sus ojos y la memoria vino clara. El vampiro seguía tras él.

Empezó a buscar frenéticamente en los botes de basura a su alrededor hasta que encontró un palo de escoba que partió por la mitad, dejando ambos trozos con los extremos afilados y puntiagudos.

Recorrió con la vista las construcciones que flanqueaban el callejón en el que se encontraba, sólo para darse cuenta de que no había un lugar suficientemente bueno para emboscarse en él. Sin embargo, recordó haber visto una vieja construcción abandonada a un costado de la plaza y se dirigió hacia dicho lugar. Había decidido que allí se reuniría con el vampiro.

En su camino hacia la construcción, no vio que en el adoquín de la calle había unas extrañas manchas rojas aún frescas, y que esparcidos aleatoriamente había algunos miembros humanos, en especial una mano con una pistola y una cartera a un lado.

Se introdujo en el edificio, recatándose en las sombras. Sus movimientos eran los de un felino, ágiles, calculados, armoniosos. Subió sigilosamente las escaleras que daban al segundo piso. Estaba muy oscuro, pero Manuel se las arreglaba bien para no tropezar con los escalones y para ir palpando las imperfecciones de las paredes y el piso.

Buscaba algún escondrijo, un sitio que le permitiera colocar una trampa de la que no hubiera escapatoria para su perseguidor.

Por fin, al llegar al segundo piso, se halló al centro de un salón vacío cuyas paredes estaban inundadas de grafismos obscenos y de protesta. El lugar estaba invadido por un profundo olor a orines y a materia fecal.

Aprovechando la ausencia de ventanas y que las escaleras desembocaban justo en medio del recinto y luego continuaban hacia la azotea, Manuel pensó en aguardar al vampiro justo en el punto por el que tendría que salir viniese del primer piso o de la azotea.

En cuanto se asomara por el hueco, aplicaría toda su fuerza en la estocada que le quitaría la vida.

Según Manuel, lo concerniente a la trampa estaba solucionado, algo muy simple pero efectivo. Ahora debía atraer al monstruo.

Subió a la azotea empuñando con firmeza sus armas. Allí había unos cuantos maderos y pedazos de cartón, así como, algunos tramos de tubería metálica y trapos viejos.

Apiló la madera, el cartón y los trapos, y con un cerillo les prendió fuego. Luego, cuando la madera empezó a arder, separó de la fogata los dos pedazos de madera más grandes, bajó las escaleras con ellos y los colocó en la entrada del edificio.

Regresó a la azotea, recogió los tubos más largos. En dos de ellos insertó las estacas de madera que tenía convirtiéndolas en toscas lanzas; dio un nervioso vistazo al cielo y a la calle, se persignó y bajó a esperar al profesor.

Temblaba de miedo, pensaba en lo que sucedería si no acababa con él esa misma noche; seguramente nadie le creería que el profesor de física era un vampiro igual a los de las películas. Lo tildarían de loco e iría a parar a un manicomio, mientras el maldito bastardo se dedicaba a destazar gente y a tomar "bloody marys" humanos. No, por Jaime y por él mismo, no podía dejar pasar ni un día más.

Despacio fue bajando la escalera, poco a poco, la pared de enfrente, levemente iluminada por el destello del fuego en la azotea, iba ofreciéndole un mensaje escrito en sangre... "morirás".

Su corazón saltó queriendo salir de su pecho cuando además notó cómo un compacto bulto negro tirado en el piso se incorporaba y le sonreía sardónicamente.

La sangre se le abultó en la cabeza y por un instante se sintió desfallecer, al momento reaccionó arrojando una de improvisadas lanzas contra el pecho de la bestia.

Con un rápido reflejo, el profesor interceptó la lanza al vuelo, antes de que su punta estuviera cerca siquiera de su corazón. El chico era listo sin duda, y eso le divertía. Le daría por eso una muerte digna, lenta y plena de dolor, heroica.

Retorció el metal entre sus manos y estalló en una maniática carcajada.

Manuel corrió a la azotea esperando que el monstruo fuera detrás de él. Pero no se detuvo a pensar cómo era que el vampiro había entrado al edificio si él había estado vigilando las entradas, y ahora que llegaba a la puerta de la azotea y cruzaba su umbral, comprendía el error de no haberlo hecho.

Frente a sus ojos, la bestia se materializaba amenazante, creando su efigie del aire a su alrededor, tornando los vapores de la madrugada en una niebla espesa y fluorescente que tomaba la pútrida consistencia de miembros gangrenados y pútridos, al principio sin coherencia y luego, integrándose lentamente en el cuerpo de su execrable némesis.

Pero antes de que la figura terminara de materializarse, el muchacho lanzó una sucesión rápida de estocadas con la pica y consiguió perforar su estómago y el corazón. Una pulpa rojo-negruzca brotó al tiempo que un alarido estertóreo rasgaba el aire y un surtidor de sangre emergía por la boca del monstruo proyectándose sobre la ropa de Manuel.

El vampiro se convulsionó y en un impulso satánico hizo presa de él, lo sacudió y le clavó los dientes en el cuello. Manuel intentó zafarse, mas como no lo consiguiera, se apoderó del extremo de la lanza que se proyectaba fuera del profesor y empezó a sacudirlo frenéticamente intentando desgarrarle las entrañas.

Sentía cómo era drenado por aquellos afilados colmillos. Su sangre empezaba un largo viaje desde su cuerpo hasta la bestia que se debatía con él en un abrazo mortal. Se debilitaba superado por la fuerza sobrehumana de su atacante, pero no cejaba en su empeño de destruirlo.

Pasaron algunos segundos, y finalmente, Manuel cayó al suelo desmayado por el esfuerzo. Junto a él, el cadáver del profesor contrayéndose, exhalando su último aliento.

Tres meses después...

La investigación y el proceso legal posteriores relacionados con el caso del vampiro culminaron, dando fin así a la incertidumbre de lo que realmente sucedió.

Nadie creyó jamás que Manuel pudiera estar loco, hasta aquella noche en que acompañado por su amigo Jaime se introdujo en la escuela para matar a su profesor de física, a quien apodaban "el vampiro", porque siempre trabajaba de noche en su laboratorio.

Manuel engañó a Jaime haciéndole creer que entrarían al sistema de calificaciones para cambiar sus notas y aprobar el año.

Él y Jaime saltaron las rejas y cruzaron el patio hacia el edificio, pero Juanito el velador los descubrió y los instó a que se detuvieran. Fue entonces cuando empezó la pesadilla. Manuel dio un rápido giro sobre sí, y extrayendo de su chamarra la pistola que había sustraído del cajón de su papá, disparó una sola y certera vez contra el vigilante, dejándolo herido de muerte.

Jaime no podía creer lo que había hecho su amigo, a decir verdad, él nunca supo las verdaderas intenciones de Manuel hasta que asesinó a Juanito. Entonces, Manuel lo encaró y le advirtió que no hiciera nada por detenerlo o correría la misma suerte.

Cuando llegaron a los laboratorios, Jaime golpeó a Manuel y le arrebató la pistola, arrojándola luego por la ventana. Dejó a Manuel tendido en el piso y quiso huir del lugar, pero al darle la espalda, éste aprovechó para hundirle una navaja entre los omóplatos, perforándole los pulmones.

En ese momento, el profesor de física, "el vampiro", hizo su aparición y trató de detener a Manuel que iracundo clavaba la navaja una y otra vez en el cuerpo de Jaime. Manuel se tornó hacia él antes de que pudiera ponerle un dedo encima y gritándole: "maldito vampiro, te destruiré", se lanzó contra él.

El profesor forcejeó con el frenético estudiante y tras desarmarlo, salió corriendo en pos de él, que ya intentaba escapar.

Luego de toparse y cruzar algunos golpes con el maestro, el muchacho consiguió apoderarse de la pistola de Juanito. Amagó al "vampiro" y lo obligó a salir a la calle para darle caza. Lo persiguió por las calles de la ciudad tendiéndole trampas, y aunque al ser asaltado por unos pandilleros estuvo a punto de no cumplir su cometido, finalmente lo acorraló en una vieja casona y lo asesinó brutalmente destrozándole las entrañas con una rudimentaria lanza improvisada para la ocasión.

Hoy Manuel está recluido en un centro de salud mental, liberándose de su locura e intentando hacerse a la idea de que lo que hizo aquella noche no fue un acto de justicia heroica, sino el cruel homicidio de tres personas inocentes.

BIG BROTHER

El cartel dice "Se atiende por cita". Sin embargo, como siempre, el doctor está retrasado.

En la pequeña sala hay por lo menos tres personas esperando pacientemente. Un par de ellas, hojeando los viejos ejemplares de Cosmopolitan, Newsweek y Scientific American. En el ambiente se escucha la música de Fresh Aire, una de sus overturas invernales.

Después de todo, Navidad se acerca y ya se pueden ver las casas, los negocios y las calles cubiertos de ornamentos alusivos.

En un rincón, el tercer hombre hace como que lee un libro, pero realmente está atendiendo una llamada en su comunicador, un pequeño artefacto con la apariencia de un chícharo en su oído. Se abre la puerta para dar entrada a una pareja de edad mediana. Él corta la comunicación al momento en que los ve entrar y continúa "leyendo".

El hombre y la mujer se sientan en los mullidos sillones. Pareciera que discuten por algo en voz muy baja, pero se detienen cuando el marido cree reconocer al hombre en el rincón. Tiene algo muy familiar para él, pero no puede ubicar cuándo o dónde lo ha visto antes.

El extraño hombre sabe que lo observan, pero no alza la mirada.

- Cariño, - dice inquisitivo. – me parece que he visto antes a este tipo, pero no lo ubico.

- Es curioso que lo menciones, yo también creo reconocerlo de alguna parte, pero tampoco estoy muy segura. Tal vez todavía nos estén vigilando. ¡Te dije que no enviaras el maldito sobre!

- ¡Shhh! – sisea él. - ¡Cállate ya mujer! Te he dicho que no hagas ningún comentario al respecto.

- ¿Y qué pasa si nos están siguiendo?

- No, - dice él incrédulo. – Probablemente el sobre ni siquiera ha llegado todavía a su destino. No, sólo estamos un poco paranoicos. Más vale que nos calmemos los dos. Solamente espero que el maldito doctor nos atienda ya para irnos, este dolor me está matando.

Las manecillas del reloj avanzan tortuosamente. La pareja cruza algunas miradas furtivas con el extraño.

Ambas partes aparentan no verse la una a la otra, hasta que finalmente, el marido no resiste y le habla al desconocido.

- Oiga, me parece usted muy familiar. ¿Nos conocemos de algún lado?

- Si usted ve las noticias matutinas en canal 13, entonces sí nos conocemos. – contesta un poco sorprendido el extraño pero con un tono algo jactancioso – ¡Bueno! Es un decir, quizá usted me conozca, pero yo a usted no lo...

- ¿No me diga que usted es...? – interrumpe la esposa.

- Sí señora, el mismo, Joaquín Ortega para servirle.

El rostro de la mujer se ilumina con una sonrisa. Ella y su marido se miran mutuamente, aliviados porque sus sospechas fueron infundadas, y a la vez, contentos porque no todos los días conoce uno a una celebridad como Joaquín Ortega, el flamante conductor del noticiario más exitoso de la televisión.

El doctor sale de su privado despidiendo a una ancianita con cara de abuelita de telenovela y los interrumpe.

- ¿Señores González? – pregunta dirigiéndose a la pareja. Los González asienten, hoy ha sido su día de suerte, no sólo no los siguen, sino que conocieron a una celebridad y ahora, el doctor los recibe casi sin hacerlos esperar.

– Pasen ustedes, por favor.

Adentro del privado, la pareja toma asiento mientras el doctor contesta el teléfono. Del otro lado, el conductor de televisión se comunica con él.

- ¿Está seguro? – pregunta el doctor.

- ¡Por supuesto que son ellos imbécil! Los veo todas las mañanas del otro lado del televisor. Seguro que son ellos, él envió el sobre y ella lo ha sabido todo el tiempo.

- Bien, no se preocupe, yo me encargaré. El doctor cuelga y se dirige a la pareja.

- Dígame señor González, ¿dónde le duele?

- Aquí. – Dice el hombre, poniendo su dedo en el lado izquierdo de su abdomen.

- Bueno, yo que usted ya no me preocuparía por eso. - Contesta el doctor, apuntando una pistola con silenciador hacia ellos. Los ojos de ambos se desorbitan en un gesto de incredulidad.

Se escuchan dos chasquidos secos y el hombre y la mujer yacen inmóviles recargados sobre las sillas, con un delgado hilo de sangre escurriendo por la cara de ella.

El doctor toma el auricular y mientras limpia el cañón de la pistola, llama a Joaquín Ortega.

- Está hecho, dos anarquistas menos.

IRINA

- ¡Maldito seas! – espetó el hombre, antes de que la pesada bota se impactara otra vez en su boca, rompiendo sus dientes frontales y proyectándolo contra la pared.

Se encontraba postrado de rodillas, viendo al suelo con desesperación, su cara enmorecida e hinchada por los puñetazos y las bofetadas recibidas. De su boca, en la que ahora se notaban unos huecos que no estaban hacía unos momentos, empezó a escurrir un hilo de sangre y baba.

Jadeó como tratando de ganar un poco de aire.

El extraño lo había seguido por largo tiempo sin que se diera cuenta y al llegar a la parte más profunda del callejón, se abalanzó sobre él envolviéndolo en una marejada de violentos golpes y patadas.

Aún estaba aturdido, pero alcanzaba a escuchar los movimientos del hombre detrás de él, su mente pensaba en cómo sacarlo del predicamento.

Fue entonces cuando escuchó una voz grave y gutural como saliendo de la nada.

- "Nunca pensaste que volvería a suceder, pero la mataste. La amarraste con las recias cuerdas, rasguñando su tierna y suave piel. No importando sus imploraciones y sus súplicas de que la perdonaras, sacaste el filoso cuchillo y burlándote y maldiciéndola, le hiciste un hoyo en el cuello. No, no se lo cortaste, sólo lo perforaste, para que no se muriera al instante, para que la sangre fluyera, primero como un chorro aspersor y luego lentamente se fugara de su espléndido cuerpo al perder presión, al perder lentamente la fuerza vital.

- Pero, ¿por qué la odiabas tanto? ¿Acaso fue que te engañó con otro? No, ella te amaba con locura y con pasión. Quizá fue eso, nunca antes una criatura de belleza tan excepcional había sentido algo por tu estúpido ser.

Y es que con sólo aproximarse te hacía hervir la sangre de excitación, pero cuando hablaba o simplemente te miraba, la sensualidad de su cuerpo contrastaba con la inmaculada inocencia de sus palabras o de sus gestos y eso te ponía nervioso y te sacaba de quicio. Ella no era un animal como tú. Para ti, el dolor, la sangre y la muerte siempre han sido el epílogo de cualquier relación. Tú estás acostumbrado a quitar la vida a quienes están a tu lado. A veces jugaron contigo y creíste que lo merecían, pero ahora no había una razón, o tal vez esa fue la razón, que no había una razón.

Simplemente, una noche decidiste que era momento de acabar con ese amor. La invitaste a salir como todos los viernes por la noche, cenaron en un restaurante italiano, su favorito. Luego, la llevaste al lago, ¡qué hermosa vista!

La ciudad palpitaba iluminada por miles de lucecitas a lo lejos. Bajaron del auto y ella te miraba con esos ojos color miel que siempre te invitaban a perderte en ellos, como en un mar de tranquilidad y de paz. Los labios de ambos se fundieron en un apasionado beso y sus lenguas se movían caprichosamente tratando de hacer un nudo por demás imposible. Poco a poco, la fuiste arrastrando hacia el interior del espeso bosque. Al principio, las caricias eran ligeros deslices de tus manos y de las de ella por las partes íntimas, hasta que el frenesí fue tal, que pronto la ropa empezó a quedar regada por el suelo.

Su piel se sentía cálida y tierna bajo tu cuerpo.

Cuando la tomaste, sus ojos se cerraron y su cuerpo se estremeció en una andanada de éxtasis. Sus gemidos, al principio mezcla de placer y un leve dolor, se fueron haciendo más intensos hasta que el orgasmo sobrevino.

Fue entonces que en medio de su grito de placer, de su pequeña muerte, tu decidiste que era el momento de que se convirtiera en la muerte definitiva y cogiste el garrote y empezaste a golpearla sin piedad. El primer impacto la tomó por sorpresa, no supo qué hacer, simplemente gritó y se llevó las manos a la cabeza; con el segundo, quiso reaccionar, pero el impacto fue tan fuerte que le reventaste los labios y sus dientes se resquebrajaron. Su cara se transformó en una masa sanguinolenta y sus ojos reflejaron por primera vez una emoción muy distinta al amor, pero no pudo hacer nada, quedó a tus pies, sin sentido.

Cuando despertó seguiste golpeándola sin piedad, le dabas patadas, puñetazos, jalones de cabello, mordidas...

Todo lo que se le ocurrió a tu podrida cabeza, lo hiciste. ¡No entiendo por qué tanta maldita rabia!

Cuando te cansaste, llegó el momento cumbre.

Su cuerpo temblaba víctima del frío y de la golpiza. Su piel, bañada en sangre ofrecía un grotesco espectáculo. Un ojo cerrado, hinchado, con un coágulo y el otro, con el párpado cortado de una cuchillada. Por su boca reventada y a punto de volver a reventar de la inflamación, profería lamentos apenas entendibles. ¡No me mates mi vida! ¡Yo te amo! ¿Por qué haces esto? ¡Por favor ya no!

Y te reíste, te reíste a carcajadas, le gritaste que era una cualquiera. Ofendiste a la mujer que entregaba por primera vez su ser a alguien muy amado, y la seguiste ultrajando.

Quemaste con un cigarrillo sus senos, sus caderas, su lengua, te regodeaste grotescamente en su sufrimiento..."

- ¡Ya cállate idiota! ¿Por qué me estás jodiendo con ese cuento? ¿Por qué me golpeas? ¿A ti qué demonios te importa la vieja? – Estalló violentamente el asesino. Pero se silenció inmediatamente cuando el hombre en la penumbra le plantó una tremenda bofetada que le desencajó la quijada e hizo volar un escupitajo de sangre por los aires. Su cara estaba desfigurada, casi igual que la de Irina, su novia, a la que había torturado y matado hacía apenas unas noches.

El hombre oscuro prosiguió... "Como decía, hasta creo que te excitaste otra vez mientras la veías retorciéndose de dolor. Y al final, para hacerlo aún más placentero, decidiste no cortarle el cuello, optaste por desangrarla como a un puerco..."

- ¡Y a ti qué carajos te importa! – Volvió a espetar el asesino.

- ¡Cállate maldito! – Gritó el hombre al tiempo que le asestaba otro puñetazo en los dientes y un borbotón de sangre brotaba en sentido contrario al impacto. – Y ya que me interrumpes tanto, te voy a decir por qué me importa tanto la mujer. Verás, yo, como tú, soy un monstruo que extrae la vida de los demás. Y esa noche fatídica en la que después de contemplar la escena que habías creado huiste abandonando a la mujer que te amaba, desangrándose en la oscuridad de la noche, yo, que había observado toda la escena, también me regocijé en su desgracia. Me acerqué a su cuello y por ese orificio que habías hecho, absorbí las últimas gotas de su fuerza vital, y luego lamí la sangre a su alrededor y la que cubría su piel; y la acaricié y la mimé hasta que sus ojos se cerraron en paz.

- ¿De qué estás hablando cerdo degenerado? – dijo el asesino con una expresión entre asco y asombro. – ¿Qué hiciste?

- Cerdo degenerado... qué curioso que me llames así después de lo que hiciste. En cuanto a tu pregunta, creo que resulta bastante obvio lo que hice, le chupé la sangre hasta que acabó de morir, como hacemos todos los vampiros.

- ¿Qué? ¿Pero estás demente? Estás más loco que yo. ¡Un vampiro! ¡Hah! ¡Un pendejo lunático!

- Un vampiro, mi querido animal. Como lo oyes. Pero no estoy loco como tú. Yo mato para calmar mi ansia de alimento, no por el morboso placer que te mueve a ti. Y rara vez, cuando lo creo conveniente, no solamente quito la vida... también la otorgo.

- Mira imbécil, ya me cansé de tanta estupidez. Ya me pegaste, ¿y ahora qué? ¿También a mí me vas a chupar la sangre, señor vampiro? – dijo en un tono cínico e incrédulo. Sin embargo, un escalofrío recorrió su espina dorsal cuando el vampiro lo miró a los ojos y percibió un sobrecogedor brillo sobrenatural.

- No, yo no voy a hacerte nada, pero Irina es otro cantar. ¿Tú sabes de lo que es capaz una mujer despechada? Tanto amor puede ser mortal y ella está muy decepcionada por lo que hiciste. No quiero asustarte, pero de ahora en adelante, no seré yo quien venga a visitarte durante todas las noches que te quedan de vida. No, Irina vendrá a hacerte pagar caras cada una de sus heridas, en especial las de su corazón. Mira.

El hombre oscuro apuntó con su huesuda mano hacia la profundidad del tenebroso callejón y desapareció misteriosamente en la penumbra.

El asesino volteó hacia donde señalaba el vampiro y pudo distinguir emergiendo de la tenue neblina, la hermosa silueta de una mujer pálida como la nieve, cuyos ojos furiosos ardían como el fuego del más horrible de los infiernos.

SEQUÍA

Él era el dios más poderoso, y cada día salía a demostrarlo ataviado en su armadura de luz.

Grandioso guerrero, batallaba incesantemente. Un momento estaba arriba, brillando en toda su magnífica gloria y luego venía el forcejeo con su hermana la Luna, y por otro momento, ella se colocaba en lo alto del firmamento. Pero él nunca cejaba.

Así transcurría su existencia, siempre peleando, siempre luchando por conservar su poder.

Mas, un día, mientras brillaba en las alturas, empezó a reflexionar en algo que nunca había cruzado por su mente.

Abajo, a sus pies, estaban sus súbditos inferiores, unos seres de mínima estatura y efímera existencia. Observó con mayor detenimiento y pudo ver muchas cosas en las que antes no había reparado.

Una pareja de enamorados compartiendo su amor, una madre amamantando cariñosamente a su bebé, un padre ciervo defendiendo valerosamente a su rebaño, los niños corriendo y riéndose en medio de mil y un juegos. Volteó hacia los lados y no había nadie junto a él. Miró hacia arriba y tampoco había nadie.

Entonces comprendió lo que pasaba, estaba solo, todos aquellos seres tenían a alguien que los cuidara, que compartiera con ellos, se reían y jugaban unos con otros, e incluso lo tenían a él para que los cobijara y los protegiera.

¿Pero qué irónico juego era ese? ¿Él un dios, el más temible y poderoso de todos, condenado a la soledad?

No, eso no era posible, él lo podía todo. Así que no había razón para no tener compañía como los mortales.

Tonatiuh extendió un rayo de su luz hacia la Tierra, donde habitaban los pequeños seres que había estado contemplando. Su rayo barrió toda la faz del planeta, buscando a alguien que le hiciera compañía, un ser que deseara compartir con él su cariño y que no le temiera como todos los demás, alguien que lo amara.

A orillas del lago, una doncella de facciones muy hermosas, largos cabellos negros y piel como la canela, cantaba y jugaba con las flores a su alrededor.

El dios Sol la miró extasiado. La melodía de la dulce voz le llegó al corazón y experimentó una dicha jamás sentida. Al instante quedó prendado con la bella y pensó en conquistarla para llevarla a vivir con él en las alturas.

Al día siguiente, cuando la doncella se bañaba bajo la fría cascada, el Sol notó su piel erizada del frío.

Del cielo bajaron sus destellos cariñosos y recorriendo la mojada piel de la moza, la hicieron sentir bien. Ella empezó otra vez a cantar y su canto hablaba de él.

Cada día un poco más, Tonatiuh se las ingeniaba para encontrar la manera de hacerse presente ante la doncella. Todas las mañanas le hacía algún regalo, unas veces le dibujaba un arcoiris en las gotas de rocío, otras hacía crecer alguna flor, e incluso aprendió a hacer pasar su voz entre los árboles para que ella pensara que su admirador era un hombre de verdad.

Con el tiempo, se hicieron grandes amigos, y aunque ella no lo veía, aceptaba el romántico juego de no saber quién era su pretendiente.

Pero llegó un momento en que Tonatiuh ya no tuvo suficiente con contemplar a la hermosa mujer, su princesa, y quiso acercarse más a ella.

De su redonda forma proyectó un rayo y éste fue transformándose poco a poco en una especie de apéndice, y luego en una mano que buscaba una hermosa flor que le hiciera justicia a su amor, pero sus dedos incandescentes la consumieron al instante. Su semblante se contrarió.

Luego, trató de regalarle un conejito, pero su mano lo calcinó también, su ceño pasó de la contrariedad a la tristeza. Temeroso de lo que sería el resultado final, pensó en hacer un intento más y acariciar la piel de la doncella, pero cuando su mano apenas la tocó, aparecieron unas quemaduras en sus tiernos hombros y ella gimió de dolor y las lágrimas asomaron por sus ojos. Su cara entonces se tornó en una expresión de frustración y de ahí pasó al enojo y a la furia, una furia que sólo la Luna conocía bien.

Tonatiuh montó en cólera como sólo los dioses pueden hacerlo, y sus llamaradas se hicieron aún más intensas y los seres y los campos en la Tierra comenzaron a morirse.

- ¿Qué es lo que pasa con Tonatiuh? – Inquirió preocupado el emperador Azteca. - ¿Acaso ha olvidado a este su pueblo?¿Por qué nos envía esta terrible sequía y este calor insoportable?

- El gran Sol está enojado mi señor. Los oráculos no saben por qué, pero Tonatiuh está furioso.

- Pero si nosotros no hacemos más que adorarle. ¿Cómo es que nos condena a su ira?

- Creo que debemos hacer el ritual, mi señor. Debemos ir a su templo a hablar con él.

Al amanecer del día siguiente, el séquito de sacerdotes y el emperador estaban postrados en la cima de la pirámide del Sol. El aroma del copal quemándose y los cánticos aztecas le daban una atmósfera solemne y grave a la escena. Pero por más que cantaron e imploraron, Tonatiuh permaneció en silencio y los aztecas acabaron por bajar de la pirámide so pena de verse muertos por el insoportable calor.

Solamente el sumo sacerdote permaneció en el templo, hincado, aún rogando a Tonatiuh que hablara con él.

- Estoy solo. – Se escuchó una voz omnipresente pero imbuida de tristeza.

Atónito, el sacerdote alzó con timidez la vista.

- ¿Solo mi dios? Pero si aquí estamos todos para adorarte. – Dijo el hombre con sinceridad.

- No, ustedes me temen y me adoran porque los cobijo y los protejo. Pero yo estoy solo.

- No entiendo mi dios. Nosotros vivimos por ti y para ti.

- Eso mismo es el problema, yo no hablo de su lealtad como mi pueblo. Hablo de tener a alguien con quién compartir de igual a igual, alguien que me ame por amarme, no porque la puedo destruir con el fuego de mi furia. Una persona como tienen ustedes, alguien a quien tocar y sentir viva entre mis brazos y que su vida y la mía se entrelacen en un destino común.

- Pero tú eres un dios mi señor. Tú no necesitas eso. Aún si tuvieras a alguien que te amara, vivirás eternamente y ella no. Algún día se irá de tu lado y sufrirás.

- No me importa, si puedo lograr sentir esa emoción que se refleja en ustedes cuando están enamorados, habrá valido la pena el sufrimiento.

- Disculpa mi señor, pero aún cuando se pudiera, ¿qué mujer podría cumplir tu deseo?

- Hay una doncella, Citlali es su nombre. Por

mucho tiempo la he cortejado, y aunque no sabe quién
soy realmente, sé que me ama.

- Pero si te ama, mi señor, ¿por qué entonces
estás tan furioso con este tu humilde pueblo?

- ¡Porque no la puedo tener! – Estalló Tonatiuh
y por un instante, el fuego de su ira pareció crecer aún
más en el firmamento. – Intenté darle una flor y la quemé,
intenté darle un animalito y lo quemé vivo.
¡Intenté tocar su piel y casi la mato!

- Calma, mi dios, calma. Yo sé cómo podemos
hacer que ustedes dos estén juntos y que sean felices.

Ahuizotl, el sumo sacerdote, prometió al Sol
que inmediatamente buscarían a la doncella y la
someterían al ritual de purificación, para que al tercer día
se llevaran a cabo los esponsales y finalmente pudieran
estar juntos.

Cuando la comitiva del emperador llegó a la
casa de Citlali y Ahuizotl habló con el padre de la moza,
éste opuso resistencia. Citlali era la alegría de su vida, el
ser más noble que jamás hubiera conocido, y pronto la
perdería. Pero Citlali fue otra historia, ella lo tomó con
gran entusiasmo, Ahuizotl le hizo creer que aquél con
quien hablaba entre los árboles era un caballero que la
estaba pidiendo en matrimonio y el emperador había
accedido a apadrinar la boda.

Al fin, luego de dos largos y tediosos días, en
los que Citlali pasó por el temazcal, por la ingesta de
líquidos purificantes y por las ceremonias de

despedida, llegó el gran día en que se engalanaría con el vestido de finos bordados de oro que el emperador había mandado confeccionar para la ocasión.

Muy temprano por la mañana, las matronas despertaron a Citlali, la bañaron con aguas aromáticas y la vistieron y calzaron.

Afuera de su casa la gente se acomodó para formar el cortejo nupcial, y a lo lejos, el sonido de las caracolas indicó el inicio de la procesión.

Los tambores marcaban el ritmo del andar. En lo alto, el Sol contemplaba la escena, esperando ansioso el momento en que él y su amada estarían juntos y podría tenerla entre sus brazos.

Al llegar al pie de la pirámide del Sol, Citlali presintió que algo andaba mal, las bodas nunca se hacían en el altar en la cima de la pirámide. Sin embargo, la inercia de la marcha y el entusiasmo mismo que sentía por conocer a su amado, la impulsaron a seguir caminando hasta llegar a la cima.

Tonatiuh estaba feliz como nunca, pronto se haría realidad su anhelado sueño.

Cuando Citlali llegó al altar, dos soldados removieron la capa que cubría sus delicados hombros. Frente a ella, el sumo sacerdote, cubierto en una túnica brillante la miraba con una expresión mezcla de alegría y algo más. Ella bajó la vista como entendiendo lo que pasaba.

De súbito, un soldado jaló su cabeza hacia atrás, y Ahuizotl hundió en su pecho un filoso puñal de obsidiana.

Citlali emitió un ahogado grito y de las comisuras de sus labios empezó a escurrir un hilillo de sangre. Sus ojos se tornaron blancos y expiró sobre la piedra de sacrificios.

Tonatiuh se quedó atónito, no entendía lo que acababa de suceder. ¿Qué estúpida jugarreta era ésta?

- ¡No! – Exclamó al comprender lo que pasaba. - ¡¿Qué estás haciendo?!

- Unirla contigo, mi señor. – gritó Ahuizotl al cielo, con el corazón de Citlali en una mano y el cuchillo en la otra. – Esta es la única forma, mi dios.

- ¡No, no, no! – Gritó furioso el Sol. – Esto no es lo que yo quería. ¿Por qué lo has hecho?

- Ésto es lo que tú pediste mi dios, querías que ella estuviera contigo. Ésta es la única forma.

- ¡No! ¡Estúpidos mortales! ¡¿Qué han hecho?! ¡Han matado al único ser que me amaba!

Se hizo un profundo silencio. Ahuizotl, dejó caer el corazón y el puñal. La gente se arrodilló implorando perdón a su dios. Pero Tonatiuh estaba frenético y descargó su furia sobre todos convirtiéndolos en cenizas.

Cuando ya no hubo nadie a quien quemar, estaba solo él, solitario otra vez.

Y fue así que Tonatiuh, quebrado de corazón, permaneció en lo alto del firmamento. Abatido por la muerte de su doncella, y sin saber lo que era tener a su amada entre sus brazos, rompió a llorar amargamente y las lágrimas refrescaron los campos, y de la muerte resurgió la vida.

Cuenta la leyenda, que desde entonces, cada vez que hay sequía en la Tierra y es la época de la canícula, el recuerdo de Citlali reblandece el corazón del guerrero de la luz y su llanto vuelve a correr en forma de lluvia cristalina que hace brotar las flores y dibuja arcoiris en el cielo.

Esa es la forma en que el dios Sol rinde tributo a su tierna doncella, la única que lo amó de verdad.

CON EL DIABLO EN EL BOLSILLO

Esta es una historia verdadera.

Hace algunos años, diez para ser exactos, me encontraba reunido con algunos de mis viejos compañeros de la escuela primaria y secundaria.

Los tarros de cerveza y los vasos con otras bebidas que iban desde el Tequila hasta cocteles bastante exóticos, chocaban unos con otros en amistosos brindis por los tiempos pasados y por el placer de estar reunidos una vez más.

Como siempre en este tipo de reuniones, uno pasa por el incómodo momento en que, después de muchos años, vuelves a ver a todos y te das cuenta de lo intrincado e inexorable que puede ser el destino.

Allí estaban Marco, el gigante musculoso de la clase, hoy actor de cine; Alberto, el galán, también actor;

Roberto, hijo de papi, hoy exitoso diseñador gráfico;
Ricardo, uno de mis amigos los nerds, ahora un
prominente abogado; y así muchos más, hasta llegar a mi,
antaño el matado de la clase, hoy todavía sin mucho qué
contar.

La velada transcurrió entre actitudes de
genuina sorpresa por los cambios sufridos por muchos,
gusto por volver a ver a los amigos perdidos, celos por los
éxitos de algunos, etcétera.

Allí ante mis ojos, había un mosaico de emociones
tan rico como cualquier diseño de tapete persa.

Hacia el final de la noche, cuando ya muchos
se habían retirado, un cercano grupo nos quedamos a
recordar nuestras antiguas aventuras y a compartir
algunas anécdotas de nuestras nuevas vidas.

Yo mencioné algo de cuando era pequeño y
tuve sarampión, pero uno de mis amigos me dijo
cínicamente que yo era un mentiroso, pues no era
posible que alguien a sus veintiséis años recordara
cosas que habían ocurrido a sus escasos tres años de edad.

Pues bien, hoy tengo treinta y seis años, y so
pena de que ustedes también me llamen embustero,
aún me acuerdo de cosas que me pasaron cuando era muy
pequeño, en especial de algo que debió haber sucedido a
mis cortos seis años y que me ha
acompañado desde entonces.

Era 1974, en pleno apogeo las blusas hippies,
las minifaldas de bolitas, los pantalones de poliéster
acampanados y por supuesto, las patillas y los chongos.

Mis padres, originarios ambos de Reynosa, Tamaulipas, se habían mudado con mi hermano Marte y conmigo a la Ciudad de México hacía tres años, buscando un mejor futuro para su familia. Sin embargo, a pesar de lo luchadores y trabajadores que eran, de vez en cuando la nostalgia y la melancolía visitaban sus corazones y entonces decidían tomarse un descanso y volver a su terruño y a sus padres. ¡Ah! Lo olvidaba, en el caso de mi madre, por supuesto, no podía faltar una larga sesión de compras en la Plaza Mall de McAllen, en Texas, para luego regresar a México cargada de prendas de ropa y cosas que con gran habilidad
vendía entre sus ávidas vecinas y amigas. Mi abuela a veces decía en tono de burla que no sabía si la visitaba a ella y por casualidad iba de compras, o todo lo contrario.

Mi abuela Ofelia era muy hermosa, un verdadero ángel. Mujer dura, se había educado entre el rancho y el pueblo, de valores y convicciones muy simples pero muy firmes, igual que mi abuelo Noé, un ranchero recio y emprendedor cuyas prioridades siempre fueron su familia y sus amigos. Con ellos, un abrazo o un beso, se convertían en un round de cariño, pues siempre venían acompañados de una sesión de cosquillas, pellizcos en los cachetes o nalgadas cariñosas.

Para mi abuelo, había tres razones de dicha más allá de cualquier riqueza que pudiera haber atesorado: mi tío Jorge, moreno de piel bronceada, el más joven de sus hijos y que me lleva apenas tres años; mi hermano Marte, un gordito cachetón y rubicundo; y yo, un chaparrito juguetón (si me permiten la indulgencia). Nos apodaba respectivamente "El hombre negro", "el hombre gordo" y "el hombre piernón".

Así transcurría mi infancia, entre una ciudad y otra, y cuando estaba en Reynosa, entre el rancho y la casa de mis abuelos.

La casa era lo que en Español antiguo se denomina un "solar", una casa o edificio principal, rodeado por una vecindad. Algo así como la casa de la hacienda, rodeada de las habitaciones de la servidumbre, sólo que no tanto, pues ésta no tenía la extensión de una hacienda ni por mucho y no había habitaciones de servidumbre, solamente una serie de tejabanes y casitas que ellos rentaban a algunas familias de escasos recursos.

Al frente, estaba la casa y la vecindad se extendía a su alrededor en forma de herradura cuadrada. Al centro había un patio muy grande de piso de tierra, surcado por varios tendederos exponiendo prendas ajenas que a nadie le interesaría conocer. Al fondo, en una esquina estaban los baños de uso común.

Tras ellos, había una camioneta Chevrolet 1954, de un color muy raro entre café y beige (caca, para mis efectos), desvencijada y abandonada años atrás.

Tres árboles, un huizache y dos frondosos mezquites colocados estratégicamente, le conferían un ligero toque de frescura en medio de la infernal canícula.

Niños al fin, nosotros no nos percatábamos del calor tan sofocante. Los adultos tenían por costumbre dormir la siesta, pero mientras lo hacían, nosotros jugábamos a muchas cosas.

Mis pasatiempos favoritos eran ir a cazar tarántulas negras y grises, muy comunes en esa región; y jugar a los "bandis", una extraña variación del juego que los niños chilangos llamaban "policías y ladrones".

Cazar tarántulas era muy emocionante. Mi tío Jorge que vivía allí, tenía bien identificadas las madrigueras y nos armaba con palitos, frascos y varios galones de agua.

Sin faltar claro, una resortera o un tirabolas por aquello de que las cosas se pusieran feas.

Para llegar al campo de caza, había qué caminar un trecho que hoy día lo veo y se me hace muy corto, pero que en aquellos ayeres, se me figuraba muy largo.

Cruzábamos entre vecindades de tejabanes de adobe, edificios de departamentos y casas en construcción, hasta llegar a un gran lote baldío.

Ahí, Jorge nos mostraba las guaridas de nuestras presas y procedíamos con la operación de desalojar a la tarántula de su madriguera.

Tomábamos el galón de agua y vertíamos el líquido hasta que la araña se sentía amenazada y en una acción evasiva, intentaba salir a la boca del agujero en busca de resguardo.

La mayoría de las veces, las tomabas por sorpresa y el agua mezclada con las telarañas entorpecía sus movimientos, lo cual nos facilitaba meterlas en los frascos. Pero había veces en que la araña salía furiosa de su agujero y saltaba instintivamente, con el riesgo de que se asiera de una de tus piernas o brazos y te mordiera inoculándote con su veneno. Para esos casos, mientras uno sostenía el agua y otro tenía el palito y el frasco preparados, un tercero apuntaba con la resortera o el improvisado tirabolas para acabar con la amenaza.

Más de una vez, mi tío Jorge se llevó el susto de tener una tarántula, sobretodo de las grises que son las que más alto saltan, prendada a su abdomen.

Afortunadamente, nunca alcanzaron a picarnos.

Mi segundo pasatiempo, y es de donde se deriva esta historia, era jugar a los bandidos, o "bandis" como le decíamos nosotros. Este era un juego muy interesante, y a veces me pregunto si no tendría un tinte premonitorio de lo que acabaría siendo mi carácter, pues el juego, sencillo en apariencia evidenciaba muchas conductas propias de mi adultez.

Por ejemplo, alguien diría: "¡Vamos a jugar a los bandis!" y yo contestaría "¡Pero yo soy el mero, mero!, luego alguien replicaría "No, no se vale, tú siempre quieres ser el mero, mero! Ahora yo soy, si no, no juego" y yo cerraría la discusión diciendo "Bueno, tú eres el mero, mero... pero yo soy el jefe."

Y así todo quedaba en paz.

Una tarde, adultos durmiendo la siesta, mi tío, mi hermano, unos amigos de la vecindad y yo, jugábamos al tan mentado juego de los "bandis".

Nuestras armas eran palos y escobas improvisados como pistolas y rifles, excepto las de mi tío, que tenía un par de pistolas de fulminantes plateadas del llanero solitario, que le acababan de regalar.

El mero, mero, contaba hasta diez en voz alta y todos corríamos a escondernos y luego empezaba la cacería de todos contra todos. Ahora que lo pienso, dudoso honor ese de ser el mero, mero o el jefe, porque para cuando terminaban de contar, ya todos sabíamos donde estaban escondidos.

Mi escondite favorito era un porchecito de una cabaña de madera donde vivía mi tía Nela, pues desde ahí estaba cubierto y podía ver pasar a los demás y los despachaba sin piedad: "¡Bang, bang, tahaño, tahaño, bang! ¡Andrés está muerto!"

Pero ese día algo raro pasó. No fui al porche, algo me llevó a esconderme detrás de los baños comunes.

El baño era una galera hecha de adobe, con seis divisiones, dos hileras de tres, una a espaldas de la otra.

Cuatro de los cuartitos funcionaban, dos como excusados y dos como regaderas. Su piso era de cemento y tenían puertas de lámina oxidada y corroída por los años. El estado del adobe no era muy bueno tampoco, y si te metías a cualquiera de los compartimientos, te dabas cuenta de que alguien
perverso había cavado hoyos en las paredes para poder espiar lo que hacían los de al lado, sean del sexo que fueren y siempre había ejemplares ajados de revistas como "Alarma" y novelitas de "Mini Terror" o de Memín Pinguín.

Las otras dos divisiones, estaban destruidas totalmente, de hecho, la pared divisoria ya no existía, y sobre el piso había una pila de adobes y piedras.

Tampoco había techo en esa parte, y eso fue lo que me gustó más.

Me monté en la pila de escombros para alcanzar un punto alto desde el cual pudiera ver a mis oponentes y acabarlos, pero en el proceso resbalé provocando un deslave de las piedras del promontorio. Éstas cayeron sobre mi y me provocaron toda clase de moretones y rasguños.

Tuve que aguantar el dolor y no gritar, pues me interesaba ganar el juego y no quería que me descubrieran.

Al incorporarme, puse mi mano en una piedra de tipo volcánica, y percibí algo incrustado en la rugosa superficie de una de sus caras, una figurita de color verde que al principio no supe qué forma tenía y que no medía más de cinco centímetros. El verde era parecido al de los soldaditos de juguete, pero más claro, como semitransparente.

Me hinqué y tomando un pedazo de alambre que encontré entre las piedras, piqué y raspé a su alrededor, hasta que lo pude desprender. Lo eché en mi bolsillo y seguí con el juego.

Unos minutos más tarde, yo estaba muerto y mi hermano era el nuevo jefe.

La tarde transcurrió sin novedad, comimos, vimos las caricaturas de las cuatro por el canal americano, y yo tomé mis soldaditos y mis otros muñecos y me puse a jugar. A poco, me acordé de mi nueva adquisición y me la saqué del bolsillo y la incorporé al juego.

De chico, muchas veces mis amigos me preguntaron que si estaba loco, porque cuando jugaba con mis figuras de acción, les ponía voces y actuaba las escenas con los muñequitos. Pero cuando tomé la figurita verde, no supe qué voz ponerle ni en qué parte de la acción introducirla. De hecho, me quedé absorto un rato, tratando de descifrar sus facciones.

De súbito, un terror sobrenatural se apoderó de mí. Sentí que la piel se me enchinaba de la cabeza a los pies al grado de causarme dolor y me asusté, me asusté mucho.

La figura tenía cola, una pata de cabra, y en sus facciones resaltaban unos perversos ojillos y una barba picuda. De su cabeza protuberaban dos cuernos retorcidos. ¡Era el diablo y el diablo me estaba mirando!

Aún hoy en día no puedo describir en su justa dimensión ese miedo que sentí, pero inmediatamente reaccioné queriendo deshacerme de la diabólica efigie.

Regresé a los baños, extraje una vez más el diablillo de mi bolsillo, lo arrojé al montón de escombros, y tomé la misma piedra en la que estaba incrustado y lo golpeé con ella en repetidas ocasiones hasta que consideré que lo había destruido. Luego, huí de ahí despavorido y no quise mirar atrás.

Fui y me metí directo en la cama con mi abuela, la abracé intensamente con los ojos cerrados y temblando.

Y lloré sin sollozar para que ella no se diera cuenta, hasta que el sueño vino a mí y me cobijó con su manto. Pero lo que tuve fueron muchas pesadillas.

Veía a los demonios de colores rojo y verde danzando en pos de mí, tratando de alcanzarme y corría y corría y nunca parecía estar lo suficientemente lejos de ellos. Hasta que gracias a Dios, desperté.

Modorro y asustado, como por arco reflejo, me llevé la mano al bolsillo y sentí algo dentro. Tembloroso, saqué la mano y en mi palma seguía el diablo verde.

¡No Diosito, no! Pensé y aún con algo de luz, corrí otra vez hacia los baños y volví a arrojar la figura, huyendo de nuevo, sin voltear la vista.

No sé qué fue del diablo después de la segunda vez que lo tiré, y nunca me he podido explicar por qué se me apareció de esa manera, pero de vez en vez, hasta estos días, el recuerdo del tenebroso episodio me asalta y despierto violentamente en mitad de la noche, sudando o llorando y meto las manos en los bolsillos, temeroso de que haya vuelto por mi alma.

26 de noviembre de 2005

Estábamos a la mesa con varios de mis tíos y primos, en casa de mi hermano Edgar Allan, disfrutando el más delicioso pavo de acción de gracias que cualquiera pudiera probar, preparado por Elena, mi esposa.

A media cena, salió a la conversación que uno de mis primos preguntó el porqué del nombre del mi libro y yo le expliqué la historia a grosso modo pues él aún no la había leído.

Pero fue cuando terminé la breve explicación que mis tías Oralia y Pola se miraron la una a la otra y Oralia le dijo a Pola: "Ves, te dije".

Yo las interrumpí interesado en su charla privada y les pregunté qué pasaba.

Entonces Oralia nos contó que al fondo del solar, había un callejón y que dado que Reynosa es un paso natural de ilegales centro y sudamericanos a los Estados Unidos, era frecuente que familias enteras se refugiaran en las noches en la construcción en ruinas de los baños del solar y pasaran ahí varios días hasta que mi abuelo los echaba de su propiedad.

Cuenta mi tía, que muchas de esas personas eran "santeros" u otra clase de brujos y hechiceros y más de una vez, mi abuelo había tenido que destruir altares de magia negra o satanismo en el lugar.

De hecho, Oralia estaba muy alterada al oir mi historia, porque mi primo Noé, uno de sus hijos, le había llevado no hacía mucho tiempo unas monedas para ver si le decía cuál podía ser el valor de las mismas, pero al analizarlas con detenimiento, mi tía le pidió nerviosamente que se las llevara de inmediato porque tenían la efigie del macho cabrío y el pentagrama invertido.

Cuando mi tía le preguntó a Noé de dónde había sacado las monedas, éste dijo que se las había encontrado en el mismo lugar donde años atrás yo encontré la figura del diablo verde.

OJOS DE PERRO

No podía conciliar el sueño. Llevaba toda la noche revolcándose en el catre, adolorido de la faena del día y sudando a chorros por el desesperante calor.

Los aullidos y ladridos de los perros y los coyotes no lo dejaban dormir.

A lo lejos, no tan lejos, cerca y no tan cerca, parecía que algo estaba provocando a los animales. No paraban de gruñir y de ladrar, como queriendo dar alguna señal de alarma.

Cuando llegó la hora de levantarse dudó mucho en hacerlo. Apenas a la alborada empezó a quedarse dormido y ahora, unos minutos después, ya debía ponerse en pie, tomar su raquítico desayuno de café y pan dulce y dirigirse lonche en mano a la labor, la pizca de jitomate.

A media mañana, Ramón y sus compañeros

interrumpieron la tarea. Eran las once de la mañana, pero para él daba igual si eran las cuatro de la tarde, ya estaba abatido por el cansancio.

Entre bocados de su burro de frijoles con queso y un trago a su Coca Cola, reflexionaba en lo que estaba pasando a su alrededor.

- ¿Qué pasó Ramoncito?– le preguntó Cuco por detrás -¿Por qué tan agobiado?

- Llevo ya tres días que no puedo dormir. Pinches perros no paran de ladrar y de aullar toda la noche –dijo Ramón con tono de desesperación –Salgo a asomarme y no veo a nadie. Me meto y empiezan de nuevo con su jodido escándalo.

- No, pos quién sabe qué sea, tú –replicó Cuco con ignorancia.

Ambos permanecieron en silencio, sólo el ruido de las quijadas moliendo el alimento. Ramón se llevaba una y otra vez la mano a la cabeza, cual si la sobada fuera a aliviar su jaqueca. Le ardían los ojos, como si se les hubiera metido arena y no paraba de maldecir su suerte.

De regreso en casa, en su polvoriento tejaban de barro, tablas viejas y carrizo, sentado a la pobre mesa improvisada de los restos de una desvencijada puerta, se disponía a cenar un plato de frijoles con chile y unas gordas de maíz molido. A lo lejos, el sol se ocultaba en el horizonte coloreándolo de una gama de infinitos violetas, naranjas y amarillos, de una belleza sin igual, pero para Ramón, el atardecer no era sino el preludio de una noche más de agonía.

Y así fue, nada más oscureció, los perros volvieron a su caótica pero bien orquestada sinfonía de aullidos, ladridos, berridos y toda clase de ruidos que crisparían los nervios a cualquiera.

De nuevo, al alba, Ramón luchó contra la disyuntiva de quedarse adherido al catre y cerrar sus ojos, perdiendo el dinero del día, arriesgándose a un despido o bien, levantarse y atender sus responsabilidades.

Como el día anterior, su nuca pulsaba anunciando una feroz migraña provocada por las cuatro noches consecutivas de insomnio. No pudo más y dejó escapar una lágrima de frustración que escurrió por sus mejillas hasta la comisura de los labios y le cambió totalmente el sabor a su comida. Ya no aguantaba más.

- ¡Eh! Pinche Ramón –le dijo Jonás –ya me dijo Cuco lo que te pasa güey. Eso no es bueno, cabrón, a ver si no te echaron mal de ojo.

- ¿Mal de ojo? –preguntó incrédulo Ramón, -¿cómo que mal de ojo güey?

- ¡Sí, cabrón, una brujería güey! ¿No tendrás algún enemigo que te quiera fregar?

- ¡Pos como no sea alguno de ustedes güey! ¡Cómo serás pendejo! Si nomás los conozco a ustedes dos en este pinche país. – Bramó Ramón impaciente. Sus nervios ya no estaban para bromas.

- ¡No, ni lo mande Dios! Nosotros no somos –dijo Jonás persignándose –¿Cómo dices eso pinche Ramón!

- Es que la neta ya no sé qué hacer. Siento que me estoy volviendo loco sin dormir.

Cuco, que mientras comía contemplaba a los dos amigos discutiendo, finalmente decidió hablar entre las dentelladas que le daba a su tamal.
- ¡Don Chema! –gritó.

Los dos amigos pararon la discusión y voltearon a verlo como si hubieran escuchado de pronto la cosa más sabia. Cuco casi nunca hablaba, pero cuando lo hacía, la idea ya había revoloteado por su cabeza mucho tiempo, así que la mayoría de las veces, era algo trascendente.

- Vamos a ver a Don Chema –completó Cuco –es el único que seguro sabe lo que le pasa a este güey.

- Pero, ¿tú sabes dónde encontrarlo? –dijo Jonás – dicen que es como un espíritu errante, que nunca está cuando lo buscas y sólo aparece si tiene ganas.

- ¡No mames! –estalló Cuco en una carcajada, – ¡Pareces catrín de telenovela! No, Don Chema vive lejos, pero no anda perdido ni aparece ni desaparece cuando quiere. Esas son viejas historias que el viejillo mismo ha inventado pa' sacar un poco más de dinero al que lo busca. Lo que sí, es que el viejo puede conjurar a los espíritus, ver cosas que nadie ve y curar los males causados por embrujos.

- Pos será el sereno –contestó Ramón –ojalá que me ayude porque si no, un día me vuelvo loco y acabo matando al patrón y hasta ustedes.

- ¡Pinche loco! –soltaron los dos sendas risotadas.

El camino a casa de Don Chema era lo que uno hubiera esperado, una jornada entre verdes sembradíos que desafiaban al desierto por medio de las obscuras artes del hombre, luego angostas y terregosas veredas bordeadas de nopales y sahuaros, bajo el todavía inclemente sol de la tarde.

Casi no había un lugar en donde resguardarse, salvo la ocasional y generosa sombra de un palo verde. Pero aún así, la temperatura del verano de Arizona hacía que pareciera como si todo el paisaje estuviera metido en un horno.

Las veredas conducían hacia un risco escarpado de piedra caliza que parecía nacer de entre los matorrales de espinas y luego ascendía casi verticalmente hasta una construcción milenaria de ángulos cuadrados que parecía esculpida en la misma roca.

Hacía muchos años, los Anazazi, una cultura indígena de la que se cuentan muchas leyendas, había habitado en esas tierras, pero un día misteriosamente desapareció, dejando abandonadas sus casas, templos y otras edificaciones. Simplemente, ya no se supo más de ellos.

Allí llegó a vivir un día Don Chema, "el brujo", como muchos se referían a él con temor y respeto.

Era un viejo mezcla de indio apache y criollo mexicano que ya pasaba los cien años de edad, cuya vida incluía el haber participado en las últimas matanzas indias... del lado de los indios, obviamente. Su apariencia arrugada e hirsuta no traicionaba ni un ápice de los años que tenía y aunque el humor que despedía era el de una momia en vida, la gente de los alrededores lo buscaba frecuentemente para que remediara sus malestares, a veces con un brebaje, otras con un conjuro a los manitús.

Los tres amigos sortearon el camino como mejor pudieron y a punto de convertirse en caldo de sus propios jugos víctimas del calor, llegaron a los pies de la morada del brujo.

- Si serás cabrón Cuco. –lo interpeló Ramón –si ya sabías, ¿pa' qué no me decías que el don me podía ayudar?

- Pos no sé –respondió apenado.

Jonás echó un chiflido al aire para llamar la atención de Don Chema. Permanecieron en silencio uno minutos y luego volvió a chiflar, esta vez con más intensidad.

- ¡Don Chema! –Gritó Ramón, con la esperanza de que esta vez sí respondiera.

Silencio otra vez.

- Ves güey –le dijo Jonás a Cuco –te dije que no aparece cuando lo buscas.

- No, no tarda en salir –respondió Cuco como dudándolo –nomás ha de estar viendo quiénes somos.

- ¿Y ora? ¿Qué hacemos? Yo ya no puedo estar sin dormir–dijo Ramón, dejando escapar el aire en una especie de suspiro resignado.

- ¡'ámonos! –exclamó Jonás –el pinche viejo no está.

- 'Ai 'tá –los jaló Cuco –'ai 'tá asomándose. Les dije.

Agazapado tras una gran roca, Don Chema los miraba fijamente, analizando sus intenciones. Uno a uno los disectó y supo qué les dolía. Primero Cuco, el callado, trabajador e íntegro, con una sola cara, sin dobleces. A él le dolía el corazón, la nostalgia por el terruño, el adiós a los hijos, la esposa que le fue infiel. Luego Jonás, el ladino, buen cuate, pero no buen amigo, convenenciero, mujeriego y vividor, con una muerte en su haber, un desconocido a quien había apuñalado y había despojado de su dinero cuando cruzó la frontera. Jonás estaba sano, pero en su futuro se veía la tragedia y pensándolo bien, también en el de Cuco se veía ronda la muerte. Finalmente, Ramón, hombre bueno, trabajador incansable, afligido por un mal repentino, acosado por algo indecible.

- ¡¿Quién va?! – Preguntó Don Chema.

- ¡Venimos a que nos ayude Don! –gritó Jonás, como queriendo verse como el líder del grupo. A Cuco no le importó, a él no le podían esas cosas.

- ¡Ya bajo!

Luego de que Ramón, en tono cansado y agobiado hubo contado los antecedentes a Don Chema, éste calló por unos minutos. Los hombres se cruzaban miradas inquisitivas entre ellos. Jonás dudaba en si habría que darle un zape en la cabeza para destrabarlo del trance,

pero Cuco lo sosegó jalándolo violentamente del brazo.
Jonás estaba
a punto de devolver un puñetazo al pecho de Cuco,
cuando el brujo volvió en sí.

- Hay espíritus malos en el aire, muy malos –su voz
sonó como un eco de ultratumba –Dios ha querido que
tengamos quién nos proteja –continuó misterioso –los
perros ven más que nosotros.

- ¿Pero eso qué tiene que ver conmigo? –
interrumpió impaciente Ramón.

- Esos espíritus no te rondan a ti, vienen a cobrar
una deuda de sangre a alguien, pero andan cerca de tu
casa. Los perros te están protegiendo.

- ¿Pero de qué?

- El mal es muy impredecible, busca a uno, pero si
encuentra a otro, igual lo toma.

- No entiendo.

- No te cierres, comprende –le dijo Cuco –no es
contigo.

- El mal se cierne sobre ustedes, pero los perros los
protegen. Mientras ladren, significa que los animales
hacen su trabajo. Cuando ya no ladren, el peligro habrá
pasado.

- Pero si yo salgo en las noches y no veo a nadie.
¿Cómo va a ser que alguien anda rondándonos!

- Hay cosas que no debemos ver. Hay terrores

innombrables que se esconden en la oscuridad, pero mientras no los veas, no te pueden dañar. Tú sosiégate, aguanta a que pase la tempestad y luego dormirás tranquilo. No hay más que pueda hacer por ustedes.

Desanimados, los tres emprendieron el tortuoso camino de regreso. La noche había caído, y a sus alrededor, como si fuera un profecía, los coyotes los seguían de cerca, aullando y ladrando, pero sin hacerles daño.

Esa noche Ramón permaneció un vez más en vela, esta vez, tratando de sacar razón de las palabras del brujo.

–Cinco días ya, me estoy muriendo –Se dijo Ramón a la mañana siguiente, cuando el maltrecho espejo devolvió su reflejo ojeroso y demacrado –tiene que haber algo que pueda hacer.

Pero pasaron dos noches más de insomnio, con los perros y coyotes aullando cada vez más fuerte y más cerca de su casa.

Ramón ya acusaba los síntomas de la fatiga crónica, se notaba desorientado, rendía poco en la pizca, sus respuestas eran lentas y balbuceaba cosas sin sentido, hasta que finalmente se desvaneció y cayó en el sembradío. Cuco y Jonás corrieron a ayudarlo y lo llevaron a su tejabán.

- Hay que traer a Don Chema – dijo Cuco.

- ¡'tás pendejo! –espetó Jonás –yo no vuelvo a ir para que no nos ayude en nada.

- ¡Pos entonces qué hacemos!

- Vamos por doña Estéfana, la partera. Ella también le sabe a los remedios.

- ¡Pero esa vieja está bien loca!

- ¿Y a poco crees que el viejo está muy cuerdo güey!

Casi una hora más tarde, Jonás apareció en el umbral de la puerta. Lo acompañaba una vieja con apariencia de arpía, con una mata de largos y maltratados cabellos blancos, chimuela y arrugada como la piel de un elefante.

Se decía que doña Estéfana era muy buena partera, pero aún mejor para los abortos, porque no dejaba viva ni a la criatura ni a la madre. Cero remordimientos de conciencia.

- Vamos a ver mi'jo –se dirigió a Ramón en un tono que quiso sonar maternal, pero no era sino un gesto de hipocresía.

La vieja lo revisó de pies a cabeza, pero no encontró nada.

- No tiene nada –se dirigió a Cuco y a Jonás.

- Es la falta de sueño, los perros no han parado de ladrar y de aullar en siete días –dijo Cuco. Jonás lo miró retador, porque le había ganado la explicación. Cuco lo ignoró.

- Esto está muy mal. –dijo ella.

- Don Chema dijo que son espíritus malos rondándonos, pero Cuco y yo no hemos oído nada – afirmó Jonás. Esta vez, Cuco le dio un codazo. Habían acordado no decirle nada acerca de don Chema a la vieja. Jonás lo volvió a mirar con fuego en los ojos.

- Si son espíritus malos buscan a alguien, pero no lo encuentran. Si quisieran a Ramón, ya se lo hubieran llevado. A lo mejor los buscan a ustedes, pero han tenido suerte y no los han hallado.

Hacía unos instantes que Ramón había despertado, pero fingía estar dormido y escuchaba la conversación.

- Don Chema dice que los perros nos están protegiendo –rindió Cuco. –que hay cosas que ellos ven por nosotros y nos cuidan.

- El viejo está loco, pero tiene razón. Pero si quieren, yo sé cómo ver lo que anda entre las sombras.

Los dos la miraron incrédulos. Ramón reaccionó involuntariamente y justo cuando abrió los ojos, la mirada penetrante de Estéfana estaba clavada en él. El susto lo hizo dar un salto en la cama.

- Lagañas de perro –dijo la vieja –se las quitan al animal y se las ponen en los ojos de ustedes. Luego en la noche, cuando los oigan ladrar, salen y miran lo que hay.

- ¡Ni madres! –espetó Cuco -¡Yo ni loco, mientras no los vea no me dañan!

- ¡¿Qué pinche Ramón?! –le habló Jonás. -¿Te animas güey? ¿Los esperamos hoy en la noche?

Ramón lo pensó unos instantes, pero en verdad ya su cuerpo no podía. Tenía que saber qué tenía así a los perros y olvidando las palabras del brujo, acabó por aceptar el reto de Jonás.

- Los esperamos.

Esa noche, cuando los perros empezaron a ladrar, Ramón cogió las lagañas que le habían quitado al Solovino, un perro cruza de corriente con de la calle, y se las puso en los ojos. No se dio cuenta que Jonás únicamente fingió ponérselas.

Los ladridos se escuchaban cada vez más cercanos y rabiosos. Los perros libraban la batalla heroicamente, y por un instante, Ramón dudó en salir.

- No necesitamos hacer esto dijo –pero Jonás le dio un empellón y de pronto se encontró en medio de los perros y algo más...

Lo que vio no puede ser ni será descrito con cabalidad alguna vez. Era una criatura horrorosa, una masa reptante de tejidos sanguinolentos y putrefactos de la cual se desprendían una serie de tentáculos con boquillas babeantes, coronadas por infinidad de dientecillos. No tenía ojos, sino unas protuberancias semitransparentes cubiertas de una membrana mucosa y maloliente. Detrás de ellos, un par de cuernos estriados se torcían en formas por demás caprichosas y mortales.

Los perros atacaban los tentáculos, los desprendían del cuerpo a mordiscos, causando gran dolor a la bestia, haciéndola retroceder poco a poco. Pero de pronto, la bestia advirtió la mirada de Ramón y emitió un chillido sobrenatural de triunfo.

Ramón quiso huir, pero una cosa que no supo qué era cubrió su cara. El terror y el asco lo hicieron reaccionar instintivamente tratando de quitársela.

Desde dentro, Jonás veía a Ramón retorciéndose en el suelo, con las manos en la cara, rasguñándose como si luchara por zafarse de algo invisible. La expresión de Ramón era de pavor puro.

Entonces, Ramón dejó de moverse. En donde habían estado sus vivarachos ojos, ahora había dos agujeros obscuros de los cuales brotaba sangre a borbotones, y en las manos estaban los restos de sus globos oculares. El cuerpo tuvo un último espasmo y dejó de existir.

Jonás esperó al alba, y al anuncio de la primera luz, salió del cuchitril. Doña Estéfana se acercaba presurosa.

- ¿Qué pasó? –inquirió la vieja.

- Se la tragó todita –dijo Jonás con una expresión de sorna en su cara.

- ¿Se murió?

- 'Ai 'tá tirado. El diablo se lo llevó. Me buscaba a mí, pero se lo halló a él.

- Se lo pusimos a él –dijo doña Estéfana corrigiéndolo –ahora todo estará bien.

- Y si no, todavía tenemos a Cuco. – dijo Jonás con una mueca de sádico cinismo en la cara.

LA FÓRMULA DE WILLY

"A veces pienso que me veo en un espejo
y en el espejo estoy viéndome en un espejo
y en ese espejo estoy viéndome en el espejo y..."
Anónimo escrito en la pared de un manicomio

A sus tiernos diez años, Willy era todo un caso, de los que le responden a los padres como si fueran sus esclavos, el peleonero de la escuela, el que escupe papeles con saliva usando una pluma Bic como cerbatana, el que le jala los cabellos a su hermanita y la humilla frente a sus amigas, en resumen, un verdadero cabroncito.

En el día de su cumpleaños, Willy recibió como regalo el arma más poderosa que jamás alguien le hubiera dado, un juego completo de entomología, con un flamante microscopio, una hermosa lupa, pinzas, bisturí, una red cazamariposas y cientos de portaobjetos. Y si alguno de ustedes ha repasado la historia de los hornos de Hitler, saben exactamente a qué me refiero cuando digo que en sus manos, ese era el perfecto arsenal de tortura.

Willy no perdió tiempo, primero usó la red para capturar algunas mariposas. Tosco como era, batía la red tan violentamente que las pobres quedaban literalmente embarradas en el tul. Pero toda práctica lleva al maestro y paulatinamente se volvió un experto en el arte de atraparlas. Todo depende del punto de vista, pero yo diría que afortunadas aquellas que quedaron muertas en la red, porque las otras acabaron clavadas en un panel de unicel luego de ser mancilladas salvajemente hasta que sus colores se esparcieron en el aire.

Luego vino la etapa del carnicero, con las babosas y las lombrices como víctimas. Lo que debía ser una operación muy delicada de disección anatómica de cabo a rabo, él lo empezaba con poner al gusano en el cristal y luego torpemente lo tasajeaba. El resultado era un batidillo de entrañas y pellejos sin ninguna coherencia. ¡Sí que era una bestia!

Su descubrimiento del microscopio no lo satisfizo tanto al principio. No le hallaba diversión a observar plantas inertes. Pero, esperen un momento... ¡y qué me dicen de las alas de mosca! Eso es, unas verdes, otras de colores, unas de panteón, otras de casa, pero más de cien vieron su suerte acabarse con las alas entre sus pinzas de disección. El doctor muerte, es decir, el doctor Willy, se acercaba sigilosamente a ellas y con un rápido abaniqueo de su mano a medio abrir, las atrapaba. Lentamente iba cerrando la trampa hasta que las tenía bien aseguradas y entonces, con la pinza iniciaba lo que debía sin duda ser un proceso de terrible agonía para el bicho. Una alita, la vemos al microscopio; otra alita, también la vemos. ¡Qué aburrido! Mejor les jalamos las patas una a una, las echamos en una cajita de Petri y arrojamos una araña para que se las coma. ¡Eso sí es divertido!

- ¿Dónde está Willy? – preguntó Papá.

- Afuera, en el jardín. – dijo Mami. – No sabes qué buena idea tuviste al regalarle el juego de entomología. Así por lo menos dejará de hacer maldades y se pondrá a aprender cosas útiles.

Y no se equivocaba, en lo que iba de la mañana, el genocida..., er, Willy, había aprendido por lo menos mil métodos distintos de capturar, torturar y matar a los inocentes bichitos y todavía no se le veía fin a su incipiente carrera de asesino en serie.

La araña se comió unas moscas, pero luego de un rato, también la araña pasó a mejor vida cuando nuestro científico empezó a preguntarse de dónde sacaba tanto hilo para hacer sus telarañas y la despatarró y diseccionó, sólo para concluir que esa araña sin duda tenía algo mal porque no había nada de hilo en su barriga.

Su siguiente descubrimiento fue la lupa. La puso cerca de su mano para contemplar cómo magnificaba sus huellas digitales y cada una de las comisuras y arrugas de su piel. Pero mientras se observaba al Sol, acercando y alejando la lente, un travieso puntito luminoso se agrandaba y achicaba, hasta que sintió el escozor de la quemadura por concentración del haz luminoso. ¡Qué grandioso instrumento! El verdadero poder de un dios. El fuego que consume lo que toca.

Así llegó el turno al chapulín, pero éste alcanzó a escapar de un ágil salto. Willy se sintió frustrado, bueno, al mejor cazador se le escapa la presa. ¡Nah!

Nadie se escapa, el chapulín aterrizó directo en el corazón de un hormiguero y aparentemente no fue bienvenido, o al revés, sí fue bienvenido, las hormigas se lo comieron vivo.

Pero Vlad Dracul, perdón, Willy no iba a permitir que le ganaran la partida. Ahora las hormigas iban a pagar por robarle a su presa.

La lupa se posicionó a distancia estratégica.

- Pháseres listos capitán Kirk. – Dijo hablando consigo mismo. – Proceda Señor Zulu. Tres, dos, uno...

El puntito empezó a hacer estragos. Las hormigas saltaban tostadas por el rayo. Algunas corrían, pero otras, fatalmente heridas, yacían retorciéndose y moviendo sus patas con frenesí, como tratando de sacudirse la quemada.

Willy el devastador, era dios. Su fuego era como el de su película favorita, la de Indiana Jones, en esa escena en la que el ángel exterminador barre con los nazis, sólo que en este caso, el nazi y el ángel exterminador eran el mismo.

Por largo tiempo permaneció calcinando hormigas, hasta que su naturaleza hiperactiva lo traicionó una vez más. El dios del fuego se aburrió y decidió que ya no las quemaría, ahora sería un elefante y las aplastaría sin piedad.

Killy, perdón, Willy alzó su pie y lo dejó caer como si pesara mil toneladas sobre las pequeñas criaturas.

Fue entonces, cuando se desencadenó una serie de eventos muy extraños. Cuando su zapato impactó el suelo, un pie gigantesco bajó del cielo y aplastó a Willy, y otro pie mucho más arriba cayó sobre el dueño del pie en el cielo y aún otro pie cayó de mucho más arriba y aplastó al dueño del pie que había aplastado al dueño del pie que había aplastado a Willy que había aplastado a las hormigas y así sucesivamente, comprobando la universal fórmula de que si haces algo malo, algo malo caerá sobre ti a la infinita potencia.

COMO EL CAER DE LAS HOJAS

Desprendió con cuidado el parche de tela adhesiva y gasa sobre el lado izquierdo de su tórax. Inclinó la cabeza en dirección hacia el sangrante y largo ciempiés de patas de sutura que recorría su abdomen casi de un extremo a otro. Contempló con coraje y frustración por largos minutos la semicerrada hendidura y por cada largo segundo que pasó, recordó uno a uno los eventos que lo habían traído hasta la apestosa celda en que se encontraba, golpeado, herido casi de muerte.

Luego de un rato, suspiró profundamente, miró por un momento al techo como buscando a un ser superior que lo ayudara; la mirada escudriñó luego alrededor y finalmente, volvió a centrarse en los hilillos de sangre que escurrían de los puntos de sutura.

La herida no parecía sanar, nunca lo hacía.

Unas horas más tarde, aseado, lo bien vestido que podía estar y contrito con Dios, emprendió la tortuosa marcha.

Mientras caminaba, vino a su memoria el sueño de la noche anterior, una especie de premonición que lo había acompañado toda su vida. En ese sueño, él estaba de pie en el claro de un bosque de gigantescos eucaliptos, con los brazos abiertos en palmas y la mirada perdida en el cielo, girando velozmente sobre su eje, el viento soplando en todas direcciones y las hojas desprendiéndose y cayendo de las copas de los árboles en una sinfonía tempestuosa de voces desgarradoras.

De sus manos brotaba sangre a borbotones y cada hoja que las tocaba, se impregnaba de ella y un nuevo alarido de dolor rasgaba el aire. Hasta que el viento ya no sopló y él estaba arrodillado, palmas al cielo, carcajeándose y llorando de felicidad, contemplando el caprichoso vaivén de las últimas hojas que caían y se ahogaban en el escarlata de la sangre en un último y desesperado grito.

Ciento sesenta y seis asesinatos, decía el reporte de la policía, todos con un mismo método. Primero, había seducido a sus víctimas, jóvenes niños y niñas, de entre doce y catorce años, casi todos con un mismo aspecto: andrógino, aséptico, imberbe. Los había hecho tomar de la bebida narcotizante que él mismo había preparado: Un poco de Coca Cola, otro poco de alcohol y una dosis de barbitúricos. Como las hojas de su sueño, los niños habían caído en sus manos, en un vaivén, primero sensual, descubriéndoles sus partes íntimas poco a poco, luego tocándolos y disfrutando de lo tierno de sus carnes, para luego dar paso a un frenesí demoníaco que terminaba siempre en su propio clímax al cegar la vida de las víctimas. Y así, entre la excitación del placer sexual, la excitación que le producía la sangre vertiéndose fuera de los inocentes cuerpecitos y el frenesí que le producía escuchar los alaridos de dolor, quedaba satisfecho hasta que ya no lo estaba más y volvía a matar.

Según él, en su conteo interior, habían sido muchos más que ciento sesenta y seis, pero aunque se reía de la incompetencia de la policía para dar con el número exacto, resolvió no decirles nada, después de todo, de algunos ya ni se acordaba y de los que sí, a pesar de haberse confesado ante Dios, no sentía que tuviera que hacerlo ante las autoridades, pues en su podrida conciencia, aún había un dejo de placer que le producía el ver sufrir a las madres y a las familias por no saber el destino de sus vástagos. O quizá, como a veces lo cavilaba, era el dejarles mantener una luz viva de esperanza aunque él mismo supiera bien que ya no la había.

La herida le empezó a molestar a medio camino, se miró y pudo vislumbrar el espectro de una mancha roja empezando a aparecer a través de la blanca gasa. Se detuvo por un momento y miró a los guardias como rogándoles que anduvieran más despacio. La respuesta a su súplica fue un golpe de macana entre las costillas que lo hizo doblarse en un rictus de dolor profundo. Una lágrima quiso escurrírsele pero la detuvo. La frustración volvió a su cabeza.

De verdad se había descuidado con ese último chico. El morenillo de piel canela, lisa y brillante como la seda, de cabellos negros, lacios, largos como los de las niñas; con ojos grandes y vivarachos, pero con una mirada que denotaba una ira contenida, algo que no había en ninguno de los otros. Allí mismo, en ese instante, debió haber parado todo, pero el exceso de confianza lo llevó a seguir. El muchacho fingió beber, luego pretendió estar mareado; después, las caricias que a muchos les habían parecido vergonzosas y reprobables, en él despertaron una especie de precoz sensualidad, y finalmente, cuando estaba a punto de degollarlo como a los demás, la trágica revelación. El muchacho era un ladronzuelo, acostumbrado a obtener lo que quería aún a costa de darse en favores sexuales, o... tomar la vida de alguien.

Así, la experta navaja del chico le abrió el abdomen sin remordimientos, primero en un piquete relámpago, y luego cortándolo de lado a lado, como para desviscerarlo. Él se dobló de dolor, y cayó al suelo sosteniéndose las tripas, sin poder hacer nada sino observar la escena, con la mirada velada por el sufrimiento. El muchacho tomó la cartera y el reloj, luego lo miró riéndose de él, le escupió la cara, como en señal de repulsión y se alejó caminando y silbando una canción.

Pero el chico hizo algo más, llamó a la policía y les informó había un hombre que parecía ser el asesino al que buscaban, tirado en la salida de una de las cloacas.

Un rato después, los uniformados lo recogían entre un mar de sangre y lo apresaban para llevarlo a prisión.

Con los antecedentes y las pruebas que con gran esmero y cuidado se habían recopilado por meses, no llevó mucho tiempo al juez, determinar su culpabilidad en los crímenes que se le imputaban y aunque raro en aquella zona, se le dictó la peor sentencia que pudiera existir.

Unos pasos antes de concluir la marcha, empezó a vislumbrar su destino final. Por un instante quiso correr y que la historia acabara con él tratando de huir y los guardias disparándole por la espalda, acabando así con su némesis de una vez por todas, ahorrándole a él la pena de ver las caras de sus acusadores. Pero algo aún más grande que su miedo lo detuvo, quizá el placer que le daba el seguir causando sufrimiento y sembrando desdicha por el solo hecho de continuar existiendo aunque fuera nada más por un corto lapso de tiempo.

Cuando llegó a la gran estancia miró la estructura de madera frente a él. Nunca había visto una de esas máquinas sino en las películas. De hecho, no creía que aún existieran. Pero ahí estaba, tan real como lo eran las caras a su alrededor, en las cuales se apreciaban lágrimas de tristeza y odio, y de las cuales provenían toda clase de injurias contra su persona. Él las miró sin verlas, estoico, arrogante y cínico.

- ¿Vendado? – Preguntó la voz.

- Sin venda – Contestó él.

Unas manos gordas y fuertes lo presionaron por los hombros, obligándolo a arrodillarse al pie de la estructura.

- Quiero ver el cielo – Dijo él.

- ¡Muy macho! ¿No? – Replicó el verdugo, - Así sea.

Lo acostaron boca arriba, con el cuello descubierto y la mirada hacia el cielo como lo había pedido. Los gritos se oían cada vez más enardecidos.

El guardia en turno, leyó una vez más los cargos y la sentencia y luego pidió silencio. No era necesario, pero en su mente, el que todos estuvieran callados, le daba un toque más terrorífico al sonido del desenlace.

Dio una señal al verdugo y se escuchó un chasquido seco.

Lo último que los ojos del asesino vieron, fue una pesada y afilada hoja de metal deslizándose vertiginosamente por las canaletas hasta tocar pesadamente el fondo, desprendiendo la cabeza del resto del cuerpo de un solo tajo. Nada que se pareciera al caer de las hojas.

AZUL

Un chico gris

Tony Naughton es mi mejor amigo por estas latitudes, yo llevo viviendo un par de años ya en Nueva York, pero lo conozco desde hace más tiempo. Nos presentaron en un avión, hace casi ocho años, camino a Cancún. Él es un reconocido promotor de arte a nivel mundial. Pero hicimos click desde el primer momento y desde entonces hemos vivido mil aventuras juntos, hemos viajado a la selva colombiana, al Amazonas, a la Isla de Pascua, París y la más loca de todas fue en Dinamarca, donde nos perdimos por más de una semana entre antros, alcohol y mujeres. Bueno, Tony es un galán, yo la verdad nunca he sido bueno para eso de ligar a las chicas. De hecho, he tenido pocas novias y nunca he conquistado a una a primera vista, para mí eso del amor, es un proceso gradual de conquista del corazón de mi amada. No sé, quizá es una noción algo arcaica, pero al fin y al cabo, así soy.

Él tiene todos los amigos correctos en la Gran Manzana y me estuvo presionando por muchos meses para que dejara mi negocio de consultoría y me lanzara a la gran aventura de escribir mis libros y publicarlos. Un día, después de la parranda, cuando las cosas se tranquilizan y te pones serio, me animé y le confesé mi afición por la escritura. Leyó todos mis textos y luego ya no me lo pude quitar de encima. "¡Es un desperdicio!", me decía en tono paternal, "¡Tienes que publicar!". Así que entre la presión y el aburrimiento, vendí el negocio y finalmente me lancé al abismo de la vida bohemia del escritor, a probar suerte.

Con lo que obtuve de la venta de mi despacho, mi apartamento en México y lo que tenía ahorrado me vine a Nueva York. Gracias a los contactos de Tony, pude hacerme de un loft en Greenwich Village, el barrio bohemio de la Ciudad, sin tener que pasar por el lento y engorroso proceso de aceptación a que someten a todas las celebridades que quieren vivir ahí.

Ahora Tony es además de mi amigo, mi agente, y todo parece marchar bien. Mi primera novela está por salir y aparentemente mi editor, que la ha enviado privadamente a los críticos, ha recibido buenos comentarios.

Ya veremos, la verdad es que no sé cómo reaccionaré a los reflectores. No soy muy afecto a la fama y ya me siento nervioso. Así pasa con los que somos grises. Nos da miedo cambiar de color y destacar de entre la multitud. Si no tuviera a Tony cerca, seguramente seguiría en mi oficina de la colonia Roma, en la ciudad de México, embebido en mi rutina diaria de visitar a mis clientes y luego volver al apartamento para encerrarme a escribir.

La chica azul

Ella era como un torbellino que arrasa todo a su paso, pero en el sentido positivo de la comparación. Cuando entraba a una habitación, no había nadie que no volteara a verla. Era delgada, bien formada, de piernas largas y torneadas, brazos delgados pero tonificados, de cuello largo, facciones finas y cabellos negros brillantes y sedosos. Y sus ojos, sus ojos eran otra historia, una digna de escribirse para la posteridad. Grises, grandes como faros y con la dulzura de la miel, iluminaban las estancias nada más entrar. Como si el Sol estuviera ahí mismo, pero no, no como el Sol, ese símil sería demasiado obvio y burdo. La sensación que producían era algo especial, algo espiritual, el ambiente cambiaba con ella alrededor, todos, hombres y mujeres se avasallaban ante ella... y si sonreía, había dos noticias, una mala, te morías de la impresión; otra buena, ¡te resucitaba y te hacía sentir en el mismísimo cielo!

Cual princesa de cuento, su porte era sencillo pero majestuoso. Tan bella como era, pudieras pensar que era frívola y que aprovecharía su sensualidad para lograr lo que quisiera, pero no era así. En ella había un no sé qué que irradiaba una noble dignidad, una pura alegría de vivir.

Su color favorito era el azul, pero no le gustaba estar "blue". Siempre, pasara lo que pasara, mantenía la frente en alto y cual viejo dicho popular, al mal tiempo daba buena cara y sonreía ante la adversidad. Diciendo para sí: "Las cosas van a mejorar". Un mantra que ella sabía, por que estoy seguro que lo sabía, era cierto.

Yo la ví por primera vez en una fiesta. La música electrónica sonaba a todo volumen y los cuerpos electrizados se movían caprichosamente siguiendo el ritmo. Sin embargo, yo estaba absorto contemplando a la concurrencia "in" que se arremolinaba a mi alrededor, tratando de extraer alguna característica interesante para mis personajes. Fue entonces cuando ocurrió. Ella entró por la puerta principal, ataviada en un vestido azul turquesa, corto y sensual, con unas zapatillas abiertas, mostrando sus lindas piernas, luciendo su hermosa cabellera, brillando como una estrella. Todos la miraban, pero ella no se inmutaba, pasó a través de ellos, silbidos y expresiones de alabanza y otras un tanto vulgares, tras de ella.

Mi corazón dió un vuelco y me enamoré en cuanto la vi.

¿Quién es la chica de azul?

Esa primera vez, quedé atónito y perplejo con su imagen. La noche la pasé en vela pensando en quién era aquella chica de azul. Me revolví en mi cama soñando con ella, con su sonrisa, con sus ojos, con su cuerpo.

Al día siguiente, una extraña energía se había apoderado de mí. Con resolución, tomé el teléfono y llamé al anfitrión de la fiesta. Tenía que averiguar todo sobre ella. Para eso yo era un experto, años de investigar cosas para mis clientes, para mis novelas, mis cuentos, me servirían ahora para encontrar a la mujer que de súbito ya amaba.

Todo fue inútil. Se acordaban de ella, pero no sabían nada.

No fue sino hasta la siguiente semana, cuando en un bar de Soho, en una de esas reuniones que teníamos los jueves por la noche, que la volví a ver. Siempre de azul, ahora llegó enfundada en un traje sastre, algo ejecutivo, pero igual daba, su belleza y la sensación que producía no tenía igual.

Recuerdo que me llamó la atención el que llegara sola. La vez anterior, también arrivó sin acompañante, y aunque todos la pretendían, departió, bailó y se divirtió con la gente, pero abandonó el lugar tal como llegó, dejando atrás una agradable sensación de júbilo en los que estuvieron con ella.

Tony estaba conmigo. Sabiendo su amplia trayectoria en el jet set de Manhattan, le pregunté si sabía quién era ella y me dijo su nombre.

- ¿Así que mister tímido está enamorado? – me dijo en un tono mezcla de burla y de complicidad. – Y yo que estaba empezando a sospechar que eras gay.

- ¡Cállate tarado! – Le dije entre molesto y apenado por que yo mismo me había delatado. Nuestros demás amigos rompieron en expresiones de ánimo que iban desde el "¡Right on buddy!" hasta los pesimistas ¡You moron, she is out of your league!".

Pero extraño como pueda parecer, no me desanimé y seguí preguntando qué sabían de ella.

Averigüé que era una exitosa ejecutiva de una compañía especializada en importar y exportar piezas de arte. Que a sus veintitantos, tenía un impresionante currículum de trabajo. Que le encantaban las fiestas y bailar. Su color favorito era el azul. Ah, y lo más importante que no tenía novio ni estaba saliendo con nadie.

Mis preguntas tenían morbosamente divertidos a mis amigos, hasta que llegamos a un punto en el que ya no hubo respuestas, parecía como si esta chica de azul, hubiera aparecido de repente en la escena del arte y los negocios, había bateado unos hits y no había más.

La velada pasó, conmigo agazapado entre mis amigos, aguantando estoicamente sus burlas y contemplándola divertirse, sin atreverme a hablarle.

Más tarde, entre las sábanas, me revolví sin poder conciliar el sueño.

La Galería de Tony

Tony ha logrado un gran contrato de exclusividad con varios artistas mundiales, entre ellos, la gran Carmen Arvizu, una diseñadora, pintora y escultora mexicana. Con ese contrato, ha decidido abrir una galería de arte y hoy es el día de la inauguración.

Ha querido hacer de este un evento de gran clase. Tiene invitados al alcalde Pataki, Bill y Hillary Clinton, Kim Basinger, Antonio Banderas y Melanie Griffith, Rod Stewart y a algunos colegas escritores como son Laura Esquivel y Carlos Fuentes. Mi princesa está invitada también.

Hoy estoy triste, por la mañana me han informado que un muy buen amigo y mentor está muy grave y a punto de morir en el hospital. Miro al reloj impaciente porque ella no llega, pero a la vez, en mi mente está el deseo de salir de allí y tomar el vuelo más próximo a México para estar con él en su lecho de muerte.

Me han dicho su nombre, Christine Sheldon, pero para mí, un tipo tímido y encerrado en sus libros, no tiene mayor significado, porque probablemente nunca me atreveré a abordarla y decirle el mío, quizá entablar una conversación, invitarla a salir y ... No, no tiene caso pensar más allá, para mí ella se ha convertido en la Princesa Azul, la de mi cuento de hadas privado, a la que nunca conoceré y a la que me conformaré con contemplar en cada fiesta y lugar a donde voy y en el que se aparezca.

Ella llega, una vez más, hace voltear a la multitud. Yo que en ese momento estoy saludando a Bill Clinton, lo dejo con la mano extendida embobado con su presencia. Estoy seguro que de haber sido otro, se ofendería, pero siendo quien es, él comprende. De hecho, por un momento hasta me siento celoso de que él también voltee y se le quede viendo. No se le vayan a ocurrir algunas ideas como las que ya saben.

Las cosas vuelven a la normalidad después de un rato. Tony sabe lo que me pasa y se acerca al rincón en el que estoy. Trata de darme ánimos, pero yo no salgo de mi depresión, por un lado el amor y mi incapacidad de manifestarlo y por otro, la tragedia de mi amigo.

Me quedo solo, de pie, contemplando una pintura de Carmen, es increíble cómo plasma las emociones en unos cuantos trazos, la energía que se nota en el lienzo.

- No estés triste. – dice una voz armoniosa, dulce y mesurada a mis espaldas, que me produce un escalofrío muy especial. Tengo miedo de voltear por temor a que sea quien yo quiero que sea.

Al fin me doy valor y volteo. Y ahí están esos ojos limpios y brillantes, mirando a los míos. ¡Siento que voy a estallar de felicidad!

\- ¿Huh? – digo estúpidamente, sin poder articular nada inteligente.

\- Las cosas se van a mejorar. No sufras. – Me dice guiñando un ojo. ¡Por Dios!¡Alguien apague este fuego que siento!

Me quedo boquiabierto. Ella no dice más, se da la vuelta y se dirige a la salida. Dudo en seguirla, pero finalmente lo hago. Demasiado tarde, la calle está solitaria, a lo lejos sólo se ven las luces rojas de un taxi dando vuelta en una esquina.

Me quedo allí, parado, presa de un coctel de emociones, pero ante todo, tranquilo, feliz, por que ella me miró y me dijo que todo estaría bien. Me voy sin despedirme, caminando por en medio de la calle.

De regreso en mi loft, hay un mensaje en la contestadora, es mi madre. Ruego que no sea una mala noticia. Oprimo el botón: "Mi hijito, nada más para avisarte que don Rubén está muy bien, el peligro ya pasó y se está recuperando. Cuídate querubín y besitos.". Mi madre nunca ha dejado de ser cursi. Aún recuerdo aquel día en la preparatoria cuando se asomó en medio de la clase de Física que nos impartía el "choco rol", como le decíamos al profesor, y sin pedir permiso, me dijo "chato, chatito se te olvidó tu sandwich." Firmó mi sentencia de muerte por el resto del año escolar. Pero lo mejor es que Rubén está bien... y yo me siento feliz que mi Princesa me habló. Las cosas se pusieron mejores.

La investigación

Con la motivación a tope, me lancé en serio a la investigación de quién era Christine Sheldon. Dí unas cuantas mordidas, sí, por que aunque lo nieguen, también en Estados Unidos hay corruptos. Obtuve sus registros de Seguro Social, de su licencia, sus placas, dirección, etc., lo más esencial para investigarla en forma. Sí, a estas alturas, yo mismo ya me estaba preguntando si no me habría convertido en uno de esos acosadores de los que hay tantos, pero si así era, ni modo.

Internet fue mi segunda fuente de información. Allí encontré dos mil cuatrocientas ochenta y cinco referencias a Christine Sheldon. Y empecé la pesada pero placentera tarea de abrirlas y leerlas una por una.

Christine, mi Chris, noten que ahora su nombre ya tenía sentido para un servidor, había tenido una carrera meteórica que estaba evidenciada en las portadas de "Elle", "Vanity Fair", "Time", etc. y en múltiples artículos de periódico, programas de televisión, etc.

Mas fue un artículo escondido en un modesto periódico de Nueva Jersey el que llamó mi atención poderosamente.

La pieza reseñaba la misteriosa desaparición de una niña de doce años en el bosque, cerca de Paramus, Nueva Jersey.

Hablaban de Christine, un niña cuya infancia fue muy dura, que perdió a sus padres desde pequeña, que mendigó en las calles y que fue adoptada por una pareja de ancianos y de la cual se temía hubiera sido secuestrada y asesinada por algún pervertido.

Lo que leí me dejó perplejo. Entonces, mi princesa azul no siempre fue así, antes sus ojos no brillaban como ahora, no sonreía como ahora ni deslumbraba a las multitudes a su paso. Antes estaba "blue".

Seguí la pista del artículo, claro que primero tuve que pasar por páginas y páginas de basura en la red, pero conseguí otros tres artículos de esa misma fecha y uno más de cinco años más tarde. Los primeros, aportaron poco en adición a lo que decía el primero. Pero el cuarto, hablaba de la aparición del cuerpo semidesnudo de una niña de diecisiete años en estado catatónico, en medio del bosque. Hablaba de unos campistas que habían dado aviso a la policía, pero al llegar los uniformados, la niña estaba de pie, caminando en círculos y balbuceando incoherencias.

Llegaron también los paramédicos y la trasladaron a un hospital para revisarla. Allí la interrogaron en cuanto a sus datos generales y a lo que había pasado. Pero la niña solamente recordaba su nombre, el de sus padres adoptivos y su dirección.

Tuvieron que pasar un par de meses, en los cuales, mediante técnicas hipnóticas y de regresión, se supo que unos seres alados cuya descripción coincidía con la de los ángeles, la habían invitado al bosque y allí la habían tenido por todo ese tiempo. Algo muy peculiar, considerando que vecinos y policías habían peinado el área por semanas sin encontrar nada.

¿Pero qué había pasado en esos cinco años?¿Cuál era el secreto detrás de mi Princesa?

Mi ilusión por la misteriosa chica de azul, seguía creciendo.

El Cafe de la 51 y Broadway

Fue en un Starbuck's en la calle 51 y Broadway donde me detuve a tomar una Moka caliente. Acababa de entrevistarme con el editor para analizar los últimos detalles de la novela. Era principios de diciembre y ya se empezaba a sentir el frío invernal. Formado en la cola para pagar, sentí una presencia y giré la vista. Allí estaba mi Princesa, siempre de azul y a mis ojos, cada vez más bella y adorable. Me daba la espalda, así que sin esa mirada imponente de por medio, me sería fácil abordarla. Le toqué el hombro nerviosamente y volteó sonriente. Una vez más, me dejó sin habla. ¡Estúpido! me dije a mi mismo.

Pero alcancé a reaccionar.

- Tenías razón. – dije olvidando saludarla. Ella me miraba inquisitiva. Contrastábamos ruidosamente el uno con el otro, ella de azul, inmaculadamente prendida y yo, de look desgarbado, enfundado en unos cargueros caquis, una sudadera gris deslavada, despeinado y con la barba de dos días. Primero no me comprendió, la tomé desprevenida. – Las cosas se pusieron mejores.

- ¡Oh! Tú eres el chico de la galería. Me da gusto, me da mucho gusto. – dijo ella un tanto impersonal. Me sentí un tonto por un instante, yo enamorado y ella totalmente ignorante del hecho.

- ¿Cómo sabías?

- ¿Saber qué? – me contestó evasiva.

- Que yo estaba triste, que tenía problemas.

- No lo sabía.

- Sé sincera, sí lo sabías. Viniste solamente a ayudarme a mi.

- ¿De qué hablas? Yo no sabía nada. Te vi triste y solitario y me acerqué. Nada más. Qué bueno que mis palabras te ayudaron.

- Tú hiciste algo. – dije, inconscientemente flirteando con ella.

- Escucha, me dio gusto que salió todo bien para ti, ahora debo irme, te veré después.

- ¿Nos veremos?

- ¡Es un decir, bobo! – me ofendió, pero al mismo tiempo guiñó otra vez igual que en la galería. Lo cual podía significar que sí nos veríamos. Otra vez el romántico bobalicón en mi. Abandonó el lugar.

Yo la seguí con la mirada. Entre hombres hay una regla no escrita. Si la chica voltea y se "reporta" al irse, entonces hay interés. Pero ella no volteó.

Supongo que debí sentirme triste, pero había una sensación de alegría en mi corazón. Al menos la había vuelto a ver.

Teatro y a cenar

Aquella noche, Tony invitó a dos chicas para ir al teatro y luego a cenar a Hell's Kitchen. Me llamó para que lo acompañara y le ayudara con una de ellas. Ansioso por liberarme de mi frustrado romance, le dije que sí iría.

Vimos Aida de Elton John y Tim Rice, la pareja ganadora de varios oscares para las películas de Disney. Las chicas no estaban nada mal, eran gemelas, muy atractivas y sexys. Al terminar la obra, caminamos al Firenze, un restaurant de comida internacional en el distrito de los teatros. Tony había notado mi desinterés en la chica que me había tocado, así que no le tomé a mal cuando me pidió que lo dejara "disfrutar" su fantasía con ambas.

Apenas piqué la comida, y aunque la chica, bastante generosa me mostraba gran interés por ser mexicano y por ser escritor, en cuanto lo juzgué apropiado, me excusé y aborté la misión. Los ojitos de Tony se iluminaron y supe que me lo agradecía hasta el fondo de su alma, su cochambrosa alma.

Aunque había una gran distancia entre mi casa y Hell's Kitchen, decidí caminar y observar gente. Quizá eso despejaría mi mente.

En el camino me entró un ansia loca por entrar en ese bar. Ni siquiera me acuerdo del nombre, pero estaba justo pasar la avenida Houston, de la que se deriva el nombre de Soho. Pedí un Cape Cod al cantinero, mi bebida favorita.

No había pasado un minuto, cuando a mis espaldas volví a escuchar aquella voz.

- No deberías beber, eso te va a matar.

- ¿Tú no bebes? – Voltee tratando de no parecer sorprendido, pero como si por arte de magia, nada más apareció ella, la canción de María de Blondie empezó a sonar a todo volumen y me puse nervioso otra vez.

"She moves like she don't care
smooth as silk cool as air
ooh it makes you wanna cry"

- No.

- ¿Por?

- Me gusta disfrutar a plenitud todo. Esa cosa te nubla la mente. Prefiero bailar y cantar sin temor a caerme de pronto. Mis osos son genuinos y mi responsabilidad.

"she doesn't know your name
and your heart beats like a subway Train
ooh it makes you wanna die.
Ooh don't ya wanna take her
ooh don't wanna make her all your own"

- Este es un coctel muy ligero. Es Vodka con jugo de arándano y un twist de limón. ¿Quieres probar?

- No. Mejor vamos a bailar. – dijo sonriendo y tomándome de la mano. ¡No podía creerlo! Me quitó la copa y la puso sobre la barra.

"Maria
you've gotta see her
go insane and out of your mind

regin
ave Maria
a million and one
candle lights"

- Ni siquiera sabes mi nombre - dije en un tono medio santurrón. ¡Oh! "bad move", a ver si no la espanto por inseguro.

- ¿Eso importa?

- Yo sé el tuyo.

- Lo sé, me has estado investigando.

- ¡¿Qué?!¡¿Cómo lo sabes?! – exclamé estupefacto.

- No lo sabía, pero te acabas de delatar. – contestó sonriendo. Aunque estábamos en penumbra y bajo la luz estroboscópica, seguramente pudo notar cómo me sonrojé al ser sorprendido.

- ¡Estúpido! – espeté dándome una palmada en la frente.

- Está bien – dijo ella sonriendo. Una expresión de triunfo en su cara. – Está bien.

"I've seen this things before
in my best friend
and the boy next door
fool of fire
won't come in from the rain
sees oceans running down the drain
blue as ice and desire.
Ooh don't you wanna make her

ooh don't ya wanna take her home

Maria
you've gotta see her
go insane and out of your mind
regin
ave Maria
a million and one
candle lights"

Quise explicarle mi fascinación por ella, pero solamente me vinieron excusas patéticas a la mente. Christine no quiso oírlas, puso su dedo en mis labios para callarme, el dedo se paseó por mi boca como acariciándola. Quería gritarle que la amaba y que no había nada mejor que estar con ella, pero me contuve. En este país la gente quiere divertirse, aunque haya amor, rara vez buscan un compromiso y menos en una cita fortuita.

Bailamos hasta entrada la madrugada y luego abandonamos el bar. Para mí, la velada estaba completa. Aunque la añorara, si hubiera dicho que se iba, hubiera estado feliz. No necesitaba más.

Un milagro para Bobby

Ella no se despidió, me cogió de la mano. Yo pasé un brazo por sus caderas. A pesar de ser muy esbelta, se sentían plenas y tibias. Me miró con expresión de aprobación y nos dirigimos a mi loft.

Todo era perfecto hasta que algo pasó a un par de cuadras de mi casa.

Al dar vuelta en una esquina, en uno de los pequeños callejones laterales, percibí a dos tipos golpeando salvajemente a un muchacho adolescente. Era Bobby Shorenstein, el hijo de mi portero, y los tipos que lo pateaban sin piedad eran unos pandilleros que lo habían seguido para robarle lo poco que traía.

Impulsivamente, solté a Christine y me lancé sobre ellos. Hacía tiempo que no peleaba en las calles, pero esas cosas no se olvidan. Yo era tímido, pero también muy temperamental.

Dí un vuelo en el aire y aterricé mi pie derecho en la boca del más alto, noqueándolo. No hay nada como la sorpresa. Chris me observaba sorprendida por el súbito giro de eventos.

El segundo atacante giró sobre su eje y me lanzó un golpe circular que apenas pude esquivar. La falta de práctica. Yo giré en sentido contrario y lancé una patada a sus costillas. El tipo se dobló, pero era hueso duro de roer. Como si fuera resorte, se volvió a incorporar y sacó una pistola y disparó. Yo casi ví la bala saliendo por la boca del cañón dirigiéndose cual tiburón sobre la presa, yo.

- ¡No! – gritó Chris. El negro y yo nos quedamos paralizados, pero también la bala quedó suspendida en el aire. Podíamos vernos, oírnos, pero no movernos.

Por primera vez vi seria y hasta diría que enojada a Christine. Avanzó hacia nosotros y cogió la bala en el aire con sus dedos. Se escuchó un siseo como cuando echas metal caliente al agua, pero Chris no se inmutó. Arrojó al suelo el proyectil. Me miró como reprochándome la escenita. Luego volteó hacia los negros, uno estaba en el suelo, también en animación suspendida, en posición de levantarse y el otro sosteniendo la pistola hacia mí. Tomó el arma de su mano y también la arrojó lejos. Finalmente miró a Bobby, bañado en sangre y sin sentido.

Me cogió la mano y pude volver a moverme.

- ¿Qué día...? – Me disponía a preguntar, pero Chris me silenció con un gesto.

Con un ademán, hizo que los ladrones se pusieran de pie y la miraran de frente. Un halo de luz azulada brillante rodeaba su silueta, como los anuncios de neón. Ellos comenzaron a moverse, yo apreté los puños como esperando una reacción violenta, pero en lugar de eso, rompieron a llorar. Era como si les estuviera sacando el mal que llevaban dentro. Sollozaban impotentemente como niños pequeños.

Me arrodillé junto a Bobby. Había mucha sangre. Él estaba convulsionándose en estertores de muerte. Lo acurruqué en mi regazo. No pude evitar las lágrimas saliendo de mis ojos. Era un buen chico, no merecía lo que le estaba pasando. Alcé los ojos y miré a Chris, ella estaba quieta, de pie con las manos cayendo a sus costados, abiertas en palmas. Me sonrió.

- No sufras. – dijo maternalmente. – Las cosas se van a poner mejores.

Yo no supe qué decir, ella tranquila y protectora y yo desesperado envuelto en sangre.

Pero Chris sabía. El halo que la cubría se hizo aún más intenso y ella empezó a entonar una dulce canción, como una tonada de cuna, de las que tranquilizan a los niños. Una dicha inexplicable inundó mi corazón y pude ver cómo la sangre en la ropa y el cuerpo de Bobby desaparecía y sus ojos volvían a abrirse, como si despertara de un dulce sueño. La canción cesó. Los negros, sin ganas de continuar peleando, veían la escena sobrecogidos. Chris los encaró seria y huyeron despavoridos.

Estaba de pie, atónito, Bobby no recordaba nada y Chris, con una expresión de simpatía y de bondad, volvió a su angelical sonrisa y me ofreció la mano. Pero cuando extendí la mía, pareció como si alguien le hubiera quitado la energía. Se desvaneció en mis brazos.

En el loft

Mi loft no era el usual de los millonarios de Manhattan. Era grande sí, pero siendo yo apenas un iniciado en esto de la literatura comercial, había decidido ser conservador, y aunque gracias a Tony conseguí una muy buena propiedad en la calle 14, justo en el centro de Greenwich Village, estaba siendo muy cauteloso, por no decir lento, con las inversiones en el acondicionamiento, así que el apartamento, se veía como un verdadero campo de batalla.

Estaba en un edificio que databa de por lo menos ciento veinte años atrás. Medía unos trescientos metros cuadrados. Los techos eran muy altos, por lo menos seis metros y medio, y casi a la mitad del piso, tenía un mezzanine al que se llegaba por una escalera de madera pulida y acero. Abajo, los trabajadores aún tenían mucho por hacer, pero arriba, el ambiente era otro, una atmósfera acogedora e intelectualoide, en la que destacaba ruidosamente una computadora Macintosh y una impresora de diseño vanguardista en un escritorio hecho a partir de una puerta rescatada de un naufragio. Había una cama, un sillón, un sofá, un tapete persa y un perchero. Por lo demás, mi equipo de sonido y mi televisión eran todavía de modelo antiguo. Los libros desparramados aquí y allá, le daban el toque de casa de soltero desordenado, y por supuesto, después de casi dos años de vivir en él, mi excusa para la falta de muebles era que me gustaba el estilo "un tanto minimalista".

El lánguido cuerpo de Chris se sentía suave y cálido en mis brazos, pero aunque su cara mostraba una expresión de armonía, su semblante estaba extrañamente pálido.

Bobby estaba conmigo, luchando contra las difíciles cerraduras de la puerta. El pobre estaba más nervioso que nada porque yo lo estaba presionando.

Una vez adentro, subí las escaleras y coloqué suavemente a mi amada sobre la cama, el único lugar no invadido por mis libros.

Bobby me ofreció quedarse, pero lo despedí asegurándole que si necesitaba algo, se lo haría saber.

Regresé al lecho. Chris yacía allí inconsciente, pero era como si estuviera descansando plácidamente. Pasé mi mano por sus fosas nasales y sentí un flujo de aire tibio. No sabía si debía llamar al médico o dejarla reposar. Cogí su mano, observé sus deditos rechonchos, palpé la suavidad de su piel y analicé los vellitos subiendo por sus antebrazos hasta perderse en una fina pelusilla a la altura de sus hombros. Acaricié sus mejillas y me entretuve en los hoyuelos a medio camino entre sus ojos y sus labios.

Aún sin reírse, era muy hermosa y su piel se sentía como la de un bebé.

En mi mente, había un maremagnum de confusión. La amaba, de eso no había duda, pero luego estaba el misterio de los años desaparecidos, la manera como aparecía y desaparecía de mi vida, y luego, lo que acababa de suceder, yo no entendía nada.

Así como estaba, posé mis labios en su frente, no quise robarle un beso en los labios sin que ella lo supiera. Si iba a suceder algo, el momento debía ser especial.

Chris abrió los ojos al contacto. Yo sonreí aliviado de que hubiese despertado.

- ¿Estás bien? – pregunté cariñosamente.

- Creo que sí. – dijo ella saliendo de su letargo.

- Estaba muy preocupado. – no sabía si preguntarle qué había sido todo aquello.

- No hay porqué. – me dijo restándole importancia. Nuestras miradas se fijaron la una en el otro y hubo una corriente de empatía.

Fue entonces cuando ya no pude más y mis labios se unieron a los de ella. Nos besamos, al principio un leve roce, con ternura, luego, apasionadamente. En mis sueños, había deseado que Chris me mirara y me besara y mis pesadillas eran el que no fuera a terminar diciéndome "hermanito", como hacen muchas mujeres para darte la puntilla y mandarte a paseo. Gracias a Dios no era así, ¡yo estaba en el clímax del éxtasis!

Poco a poco, lo que había iniciado como un amor perdido, como algo platónico y desesperado, ahora se había convertido en una hoguera, con nuestros cuerpos consumiéndose en el fuego de la pasión. Nos amamos, con amor, con ternura, con frenesí, como si este fuera nuestro primero y único encuentro.

Reposábamos mirando al techo, acurrucados el uno en el otro, jugando a adivinar formas en las imperfecciones de la pintura.

- Un osito como tú. – dijo señalando a un rincón en lo alto.

- Una jirafa. – dije yo en tono competitivo. Ambos nos quedamos en silencio, contemplando las formas.

Por unos instantes estuvimos así. Aún el silencio entre nosotros parecía estar cargado de toda clase de mensajes. Nos estábamos comunicando por telepatía.

- ¿Quién eres? – pregunté.

- Christine. – dijo juguetona. Aún telepáticamente era evasiva, con la habilidad similar a la de un samurai, corta de tajo la plática y cambia de tema. Y lo hacía con tal gracia que hasta divertido resultaba. Reí en mi pensamiento.

- No, ¿quién eres? – volví a inquirir. Ella notó un tono de impaciencia en mi pensamiento.

- ¿Crees en las hadas y en los duendes, Joe? – Me preguntó. Temí que fuera otra evasiva, pero capté algo en su mirada.

- ¿Cómo sabes mi nombre? No te lo he dicho.

- No hace falta que me lo digas... ¿Crees en las hadas Joe? – Me volvió a preguntar. Yo me quedé pensativo. Lo mío era la novela realista, nunca había dado mucho pensamiento a lo fantástico, pero supongo que como escritor, estaba abierto a la posibilidad. Además, después de lo que había visto esa noche, había poco en lo que no pudiera creer.

- Pruébame. – Le dije.

Chris lo pensó un instante.

- Son seres buenos.

- ¿Quiénes?

- La gente del bosque.

- ¿Cuál gente del bosque?

- Las hadas y los duendes. No como dicen los libros. Son traviesos sí, pero buenos.

- ¿Qué pasó en realidad Chris?

- Yo estaba triste, muy sola. Mis padres habían muerto. Mis padres adoptivos estaban peleando por separarse. Yo ya no quería perder a nadie.

- ¿Y qué hiciste?

- Me interné en el bosque, buscaba un árbol para colgarme. Creía que yo era un ave de mal agüero. Los iba a librar de mí.

- ¿Y qué pasó?

- A punto de colgarme aparecieron, ellas con alas, brillando envueltas en un halo azul, muy hermosas, como lucecitas voladoras, solo que más grandes. Ellos ataviados en ropas de fino terciopelo, barbados, de miradas alegres, pero en ese momento, mirándome en desapruebo.

- ¿Qué hiciste? – pregunté dándole continuidad a la conversación. No sé si creía en lo que me decía. Lo que sí creía es que ella estaba convencida de que era verdad.

- No hice nada, una de las hadas, empezó a cantar y yo caí en un especie de sueño. Luego desperté en su mundo. Una tierra de bosques hermosos, de palacios y de casitas de cristal y de flores. Allí estuve hasta que me dejaron otra vez en el bosque y volví. Cinco años más tarde.

- ¿Pero qué pasó en ese tiempo? – Chris me miró otra vez, percibía mi incredulidad.

- Me convertí en una hada. – No supe qué decir. Me quedé pasmado con lo que dijo. Temí que mi amada estuviera perdiendo la razón. Quizá el efecto del trauma de hacía unas horas.

- ¿Y por qué volviste al mundo de los humanos? – Inquirí tratando de hacerla que se autocuestionara. Así la haría entrar en razón.

- Los humanos somos diferentes. Me estaba muriendo. Necesitaba el aire que respiramos, la comida.

- ¿Pero y lo que pasó hace un rato?¿Tus poderes?

- Las hadas me enseñaron.

- ¿Y yo?

- Tú me llamaste.

- ¿Cómo?

- Estabas triste, solitario. Las hadas hacemos felices a las personas, les concedemos deseos.

- ¿Cómo un trabajo? – Pregunté desangelado. Temía que su respuesta fuera positiva. - ¿Eso soy para tí?

- Sí... en teoría, hasta que me enamoré de tí.

- ¿Las hadas se enamoran? – Pregunté tratando de recordar los cuentos que mi padre me leía de niño. Estando conectados por el pensamiento, ambos tuvimos la respuesta al instante.

- ¡Campanita, la de Peter Pan!

Chris y yo nos besamos y ella continuó.

- Soy humana, ¿sabes? Las hadas me dieron muchos de sus poderes. Me hicieron como ellas, pero no reprimieron mis emociones. Yo siempre estuve sola, siempre quise cariño y ahí estabas tú, al igual que yo, pero al revés, buscando a alguien a quien amar. En cierta forma una hada también, preocupado por los demás, generoso.

- Pero me hiciste sufrir. No sabía quién eras, qué hacías o de dónde veniste.

- Pero lo investigaste... ¿No? Eso sólo te da más puntos. – dijo riéndose y picándome las costillas.

Hicimos el amor toda la noche, sintiendo y disfrutando cada centímetro de nuestros cuerpos.

Por la mañana, sin embargo, Chris estaba muy mal. Su palidez se acentuaba aún más por la luz que entraba por el ventanal.

Su brillantes ojos cafés se estaban despintando, como cubiertos por nubes. Me preocupé mucho.

-¡Chris!¡¿Qué te pasa?!¡Chris! – Pero ella apenas reaccionaba.

Se quedó quieta un rato, como recuperando energía y luego dijo en un tono maternal.

- Las hadas hacemos felices a las personas, concedemos deseos. Sin embargo, hay un regalo supremo, el de la vida, ese nunca lo damos. Pero Bobby no merecía morir, va a ser un gran hombre, ¿sabes? Salvará a mucha gente. Yo acepté darle ese regalo.

- Chris, ¿de qué hablas?¿Qué está pasando?

- Voy a morir.

- ¡No!¡No es posible!¡Apenas te he conocido! No me dejes, no me dejes... – mis palabras sonaron como ecos en la lejanía.

- No sufras, las cosas van a mejorar. – dijo Chris y sus ojitos se cerraron. El halo azul la cubrió una vez más y desapareció entre mis brazos en forma de lucecitas que se disolvieron en el aire.

- ¡No!¡No!¡No!¡Mi princesa no!¡Chris! – mi corazón se partió en mil pedazos y lloré y sollocé amargamente, maldiciendo mi suerte, hasta que ya no quedaron lágrimas en mi.

En medio de mi soledad

Ha pasado casi un año. Es invierno otra vez y yo estoy en ese café de la 51 y Broadway. Las cosas fueron tal y como Tony lo había dicho. Apenas salió el libro, ocupó las listas de best sellers. Ahora, como antes, acabo de salir de con el editor. Ya voy a publicar mi tercera novela "Corazón Azul". Un giro interesante en mi carrera como escritor realista, ahora es una historia de amor.

La melancolía aún no me abandona, aún recuerdo a mi Chris, el hada de mis sueños, mi Princesa Azul.

Pago mi cuenta y me siento en la barra que da a la ventana a contemplar a la gente pasar, con mi moka caliente. Inconscientemente busco a una mujer envuelta en un halo de luz azul. No la encuentro. Siento que las lágrimas se agolpan tratando de salir y por más que hago por contenerlas, finalmente una se fuga escurriendo por mi mejilla. La seco inmediatamente, nadie tiene qué saber de mi tragedia.

Ensimismado en mi contemplación, alguien llama a mi hombro. Siento una extraña sensación y volteo. Me quedo boquiabierto.

- ¿Está ocupado este asiento? – pregunta. La voz no es la misma, pero me produce una familiar emoción de felicidad.

- ¿Huh?¡Ah! No, no lo está, perdone. – digo y quito mis papeles. Ella sonríe.

- Gracias.

Frente a mi, está una mujer muy hermosa, pero no como Chris, esta chica no causa olas de miradas y piropos a su paso. Su belleza es sutil y "understated".

No veo sus ojos, sus lacios y sedosos cabellos los cubren.

Ella se quita la bufanda, se sienta y da un pequeño sorbo a su capuchino. Yo vuelvo a mi autocompasión y no cruzamos palabra. Ella también mira fijamente hacia la calle.

De pronto, algo rompe el pacto de silencio.

- No sufras Joe, las cosas van a mejorar. – Dice ella. Yo me siento irritado momentáneamente. ¿Quién se cree que es para interrumpir mi luto? Volteo de súbito y ambos nos miramos a los ojos... y siento un estremecimiento recorriendo cada unos de mis tejidos.

Esos ojos, sus ojos, eran otra historia, una digna de escribirse para la posteridad. Grises, grandes como faros y con la dulzura de la miel, iluminaban las estancias nada más entrar. Como si el Sol estuviera ahí mismo, pero no, no como el Sol, ese símil sería demasiado obvio y burdo. La sensación que producían era algo especial, algo espiritual. Un momento, esto ya lo había escrito.

- ¡¿Me conoces?!

- No, ¿por qué?

- Me llamaste por mi nombre.

- No lo hice.

- Sí, lo hiciste.

- No sé, tal vez me lo dijo una hada. – dijo guiñándome un ojo. Otra vez esa emoción familiar.

Mi corazón empezó a latir aceleradamente.

- Bueno Joe, debo irme, cuídate mucho.

- ¡Espera! – Le digo. - ¿Cómo te llamas?

- Penelope, Penelope Wright

Me quedo pensativo un instante. Sus luminosos ojos me miran inquisitivos.

- Azul – me aventuro a decir.

- ¿Azul?

- Tu color favorito es el azul.

Ella sonríe. Me mira como sorprendida y fuera de balance.

- Sí, ¿cómo lo sabes?

- No lo sé, tal vez me lo dijo una hada.

Penny me guiña un ojo y abandona el lugar. Yo me quedo ahí solo, siguiéndola con la mirada y pienso "¡repórtate, repórtate!".

Ella voltea y me mira, con su mano hace un ademán. Siento cómo penetra mi mente y se comunica telepáticamente conmigo diciendo "nos veremos otra vez".

Le sonreí devolviendo el gesto, ella se perdió entre la multitud dejando una especie de halo de luz azul a su paso. Una armonía interior inunda mi corazón y sé que mi Chris ha vuelto y como ella decía... las cosas van a mejorar.

ACERCA DEL AUTOR

José Luis Rojas es originario de Cd. Reynosa Tamaulipas y ha viajado incesantemente por el mundo, incorporando muchas de sus vivencias en sus relatos. Desde pequeño, se dedicó a escribir para el periódico semanario de su padre, donde publicaba constantemente artículos sobre entretenimiento, historia y otros temas de cultura general. Ha escrito cerca de cien relatos, de los cuales trece han sido publicados en este libro y otros, en antologías, periódicos y revistas.

Actualmente, es socio de una firma de consultoría de clase mundial, en donde dirige la división de servicios de consultoría de la misma y continuamente participa como conferencista y líder de opinión en eventos internacionales y publica artículos técnicos y entrevistas en publicaciones de alto renombre.

www.ingramcontent.com/pod-product-compliance
Lightning Source LLC
Chambersburg PA
CBHW022137150726
47992CB00002B/634